Realität - Fantasie - Tod

Theaterstück

von

Peter Koop

Bibliografische Information der Deutschen Nationalbibliothek: Die Deutsche Nationalbibliothek verzeichnet diese Publikation in der Deutschen Nationalbibliografie; detaillierte bibliografische Daten sind im Internet über www.dnb.de abrufbar.

Peter Koop: Realität - Fantasie - Tod

Neuauflage 2017 (Eine frühere Fassung des Theaterstücks ist unter dem Titel »Die letzte Nacht« im Jahr 2000 im Teiresias Verlag Köln erschienen.)

Herstellung und Verlag:
BoD - Books on Demand, Norderstedt
ISBN: 978-3744893848

Coverfoto: Peter Herrmann (Tama66/Pixabay)
Alle Rechte am Werk liegen beim Autor (Kontakt und weitere Informationen: peterkoop.de).

Personen

Tochter (18-25 Jahre)
Narr (18-25 Jahre)
Prinz (18-25 Jahre)
Frau (18-25 Jahre)

König (40-70 Jahre)
Verwalter (30-60 Jahre)
Königin (40-70 Jahre)
Tod (40-70 Jahre)

Alter Mann (+70 Jahre)

Festgesellschaft
Wachen

Spielort

Eine alte Fabrikhalle
(vorzugsweise)

AKT I

[ZUSCHAUERRAUM = WELT DER REALITÄT]

(In der Mitte des Zuschauerraums steht eine reich gedeckte Festtafel. Es ist kalt. Dunkel. An der Seite der Tafel sitzt eine junge Frau allein im schwachen Scheinwerferlicht.
Nachdenklich wandert ihr Blick zur Eingangstür im hinteren Teil des Raums und verharrt dort. Sie wirkt erschöpft. In sich gekehrt. Die Arme hat sie schützend um die zum Körper gezogenen Beine gelegt.)

AKT I   SZENE 1

TOCHTER
(Sanft. Sehr nah) Vielleicht, in dieser Nacht … klopfe ich ein letztes Mal, ganz leise, an Ihre Tür. Dann sitzen Sie schweigend in Ihrem Zimmer, inmitten der Dunkelheit, und nur auf die Hände vor Ihnen … nur auf Ihre Hände fällt noch ein schwaches Licht.

> (Langsam wendet Tochter ihren Blick von der Eingangstür ab. Es vergeht einige Zeit, bevor sie weiterspricht.)

Vielleicht … wenn Sie aufstehen …
Sie könnten langsam durch das Zimmer gehen, hinüber zum Fenster. Einfach nur da stehen, am Fenster, und hinaussehen in die Nacht. Hinaussehen auf das Meer. In den dichter werdenden Nebel. Und könnten nicht sicher sein, ob das, was Sie sehen, noch wirklich ist.
Dann weht aus der Ferne ein kalter, grauer Wind - weht vom Norden, durch die verlassenen Straßen - kommt näher und schlägt hart gegen Ihr Fenster. Klack! Immer härter. Klack! Und für einen kurzen Moment - unendlich weit entfernt - ist ein lautes Lachen zu hören. Dringt durch Ihr Fenster, durch die Nacht. Weht herüber aus den alten Schenken am Hafen.
Und für einen kurzen Moment scheinen Menschen aus allen Teilen der Welt vom Alkohol vereint. Matrosen, die versuchen, ihre Einsamkeit zu vergessen, in den Armen einer … in den Armen … Alte Männer sitzen seit ewigen Nächten auf ihren Bänken und erzählen sich heiser die Vergangenheit. Es wird gelacht. Viel zu laut!

> (Sieht sich lange im Zuschauerraum um. Sucht Blickkontakt.)

Vielleicht, in dieser Nacht, werden Sie sich fürchten, neben mir, in der Dunkelheit. Und wenn Sie sich fürchten … wenn Sie frieren … zum ersten Mal wieder die eigene Nähe spüren … dann werden Sie sich wehren müssen. Dann ist es kalt, draußen, in meinen Straßen. Es ist feucht. Nur unsere eigenen Schritte werden noch zu hören sein. Unser Atem. Ganz still.

1

Die Schritte klingen hell, auf dem nassen Asphalt. Ersticken dumpf, im dichter werdenden Nebel. Nirgendwo ein Licht. Nur gelegentlich die grauen Umrisse einzelner Gebäude: Halb verfallene Fabriken. Ein alter Bahnhof. Es riecht nach vermodertem Holz. Nach verwittertem Stein. Und mit einem süßlichen Geruch hat sich der Nebel wie ein Leichentuch über die Stadt gelegt.

Wir gehen durch die verlassenen Straßen. Immer weiter! Gelbschwarz verdorrte Bäume breiten weit ihre Äste aus - wie Arme, die uns aufzuhalten versuchen. Straßen, die sich lautlos im dichten Nebel vor uns verstecken. Aber irgendwann … wenn wir lange genug gegangen sind … Irgendwann sind aus der Ferne leise Schritte zu hören. Zuerst nur wenige, dann immer mehr. Wir kommen näher und begegnen Menschen, die wie wir …

> (Bricht ab und sieht sich suchend im Zuschauerraum um.)

Es ist nicht mehr still, Vater. Hörst du? Nicht mehr kalt, in deiner Nähe. Inmitten all der Menschen. Es ist auch nicht mehr dunkel. Da vorne, am Ende der Straße, ist schon ein erstes Licht zu sehen.

> (Lächelt angestrengt.)

Noch ist er nur ein blasser, milchig weißer Fleck, aber langsam beginnt er zu wachsen. Wächst weiter. Immer weiter! Die Schritte um uns herum werden lauter und von allen Seiten schließen sich uns Menschen an. Immer mehr Lichter entstehen und der Nebel vor uns reißt langsam auf. Nach und nach sind einzelne Fenster zu erkennen. Immer mehr Fenster! Unzählige Fenster, inmitten der Dunkelheit. Wir kommen näher und vor unseren Augen entsteht ein gewaltiger, von Licht durchströmter Palast.

(Zum Publikum) Die Schritte … Hören Sie? Die Schritte sind jetzt neben uns. Hinter uns. Die Menschen schieben uns immer weiter, drängen uns unaufhaltsam in den Palast hinein! Vor uns öffnen sich hohe, weite Räume und wir tauchen ein, in den Palast. Tauchen ein, in die Wärme. Immer weiter tauchen wir ein.

> (Von draußen ist leise Festmusik zu hören. Tochter sieht nach hinten in Richtung Eingangstür.)

(Angestrengt) Sie werden reich geschmückten Männern begegnen. Frauen in aufwendigen Kostümen. Mit Perücken und weiß gepuderten Gesichtern. Lakaien treten Ihnen zur Begrüßung entgegen und sprechen zu Ihnen in einer Sprache, die Sie nicht verstehen: Sie werden Gast am Hofe eines mächtigen Königs, in einer längst vergangenen Zeit.

Es wird gelacht. Getanzt. Von überall her ist Musik zu hören! Heitere, unbeschwerte Musik. Eine festliche Gesellschaft, die sich von allem befreit hat, was die Freude dem Leben fernhalten könnte. Gefangen nur noch im Augenblick … vom Spiel der Kerzen … in unzähligen Spiegeln, deren Licht sich in jedem Augenblick tausendfach bricht!

(Die Musik wiederholt sich. Wird immer lauter. Schneller. Aggressiver.)

Sie sehen Spiegel. Immer wieder Spiegel. In allen Formen und Größen! Eine Gesellschaft, die sich an sich selbst vergnügt und im Laufe der Zeit immer mehr darin gefällt. Ein Fest der Lebensfreude und der Eitelkeit. Beides im selben Augenblick. Beides … Ich …

(Es gelingt Tochter immer weniger, sich gegen die Musik zu wehren.)

Irgendwann werden Sie einem Graf begegnen, der Ihnen von seinen galanten Abenteuern erzählen wird. Von Abenteuern, die er ganz sicher verschweigen würde, wenn er die Frauen wirklich lieben könnte. Ein anderer Mann - wieder ein Mann - prahlt von seinen Besitzungen … deren Herr er schon seit Langem nicht mehr ist, weil er sein Geld für Wichtigeres (Mühsam) nicht benötigte.

(Die Musik beginnt zu taumeln.)

Sie begegnen Männern der Kirche, die die Macht ihres Glaubens gegen den Glauben an die Macht eingetauscht haben. Sie sehen Frauen, die schmeicheln. Denen geschmeichelt wird. Für eine Umarmung - oder mehr. Ich …
Ein … Graf, der kein Graf ist, sondern … nur …
(Laut. Abwehrend) Ich.

(Die Musik taumelt weiter.)

(Noch lauter) Ich!

(Die Musik bricht ab. Es ist wieder still. Nur sehr langsam findet Tochter zu sich.)

(Leise) Irgendwann beginnt die Musik, sich zu wiederholen. Wiederholt sich … Wie ein Karussell, das sich schneller dreht und schneller. Immer schneller. Bis es mich abwirft! Dann scheint Ihnen das alles wie ein Traum und ist doch *meine* Wirklichkeit: Dieser Palast. Die Tafel. Der Ort, an den ich geflohen bin: Eine ganz eigene Welt!
Dann ist der König dieser Welt … *der König der Realität*. Und feiert mit tausend Gästen. Im Schein von tausenden Kerzen. Mit tausend Gästen, die langsam verglühen.

(Sieht nach vorne zur Bühne.)

Und *die Welt der Fantasie* ist nur eine Bühne, weit entfernt. Nur ein schwaches Licht, inmitten der Dunkelheit.
(Leise) Und mein Vater … ist *der Tod*. Das Schweigen. Für immer … das Schweigen.

(Sieht sich lange um. Sucht Blickkontakt zu einzelnen Zuschauern.)

(Lächelt schwach) Vielleicht, in dieser Nacht, klopfe ich ein letztes Mal, ganz leise, an Ihre Tür. Dann sitzen Sie allein, inmitten der Dunkelheit, und nur auf Ihre Hände …

(Hält ihre Arme in das schwache Scheinwerferlicht. Betrachtet sie nachdenklich.)

Dann ist es, als wäre ich der einzige Mensch in diesem Palast. Und wäre allein, inmitten der Stille. Als wäre ich lebendig und alle anderen spielten nur eine Rolle.
Dieses Fest … Es hört nie auf. Nur die Gäste wechseln, von Zeit zu Zeit. Und vielleicht …

(An einer Seitentür nahe der Bühne sind Geräusche zu hören. Tochter sieht auf.)

Vater?

(Keine Antwort.)

Ich weiß, dass du da bist!

(Zwei Männer betreten zögernd den Zuschauerraum.)

Nein. Ich will nicht!

(Sieht zur Seitentür.)

Nein! Dieser Raum gehört mir. Nur mir allein!

(Prinz bleibt an der Bühne stehen und sieht sich um: Ein breiter Mittelgang verbindet Haupteingang, Festtafel und Bühne miteinander. Die Bühne ist aus dem Zuschauerraum über einige Stufen zu erreichen. Die Stühle der Festtafel sind zur Bühne gerichtet. Inzwischen hat der Narr den Mittelgang erreicht. Von draußen ist wieder leise Festmusik zu hören. Narr bleibt stehen.)

AKT I SZENE 2

PRINZ
Was hast du?
NARR
Ich weiß es nicht. Dieser Palast ist anders. Anders als jeder Ort, seit wir unser Land verlassen haben. Vielleicht war es keine gute Idee, den Pa-

last durch seinen Hintereingang zu betreten. (Sanft herausfordernd) Aber ich bin auch nur der Narr, der Euch auf Eurer Reise begleitet.

PRINZ
Du weißt, dass du mehr bist als nur ein Narr.
NARR
(Lächelt) Ja. Vielleicht.

>   (Narr bleibt stehen und betrachtet Prinz, der
>   sich weiter umsieht. Als der Prinz bemerkt, dass
>   der Narr ihn beobachtet, muss er lächeln.)

Ihr vermisst sie, nicht wahr?

>   (Keine Antwort.)

Die Frau, die uns für einige Zeit auf unserer Reise begleitet hat?

>   (Keine Antwort.)

Ihr erinnert Euch an sie?
PRINZ
Wir müssen weitersuchen.
NARR
(Lächelt) Ja. Wir müssen weitersuchen.

>   (Narr geht weiter.)

PRINZ
Du hast recht. Vielleicht ist dieser Palast anders.

>   (Narr sieht sich kurz um.)

Und ja: Ich vermisse sie.

>   (Narr erreicht die Tafel. Tochter und Narr se-
>   hen sich lange an. Nähe zwischen beiden spür-
>   bar. Narr erkennt, dass Tochter friert. Zieht
>   seine Jacke aus und reicht sie ihr. Tochter ist
>   irritiert. Als hätte sich noch nie jemand um sie
>   gesorgt.)

AKT I   SZENE 3

TOCHTER
(Zögernd) Danke.

>   (Narr lächelt. Tochter erwidert sein Lächeln
>   vorsichtig. Die Festmusik wird lauter. Tochter

(sieht nachdenklich zur Eingangstür. Hat sich
wieder gefangen.)

Ihr könnt hier nicht bleiben.

NARR
Warum nicht?

(Prinz tritt an die Seite von Narr.)

TOCHTER
Der König wird bald zurückkehren. Ihr solltet gehen, bevor man Euch an
seiner Tafel entdeckt.

PRINZ
Vielleicht kann der König mir helfen.

TOCHTER
Warum sollte er das tun? Ihr … Nein.

(Betrachtet Prinz und Narr genau.)

Ihr beide seid nicht von hier.

PRINZ
Wie kommt Ihr darauf?

TOCHTER
Sonst würdet Ihr es wissen.

(Prinz versteht nicht.)

Wer immer einen Weg in diesen Palast sucht, muss sich selber einladen. Er
muss sich dann aber auch selber einen Platz suchen, an der Tafel des Königs. Und er muss diesen Platz mit allen Mitteln verteidigen.

(Tochter sieht sich im Zuschauerraum um.)

(Hart) Niemand in diesem Palast wird Euch helfen. Es sei denn, er könnte
seinen Nutzen daraus ziehen. Das Leben an dieser …

(Bricht ab, als sich die Eingangstür öffnet und
ein grelles Licht in den Zuschauerraum fällt.)

PRINZ
Und der König?

TOCHTER
(Lächelt) Der König wird Euch misstrauen. Nur deshalb ist er an der Macht.

PRINZ
Dann wird er mich nicht anhören?

TOCHTER
Natürlich wird er Euch anhören. Er muss wissen, ob Ihr ihm nützlich sein
könnt.

PRINZ
Nützlich? Wobei?

TOCHTER
Nützlich, seine Macht zu vergrößern. Ist es nicht das, worum es den Menschen zumeist geht?

> (Lärmend bricht eine ausgelassene Festgesellschaft in den Zuschauerraum ein. Erst als die Tafel erreicht ist, wird die Tür ganz geöffnet und das Licht fällt auch auf die Tafel. Langsam verstummt die Festgesellschaft. Die Eingangstür schließt sich wieder. Licht nur noch auf Tafel und Umgebung. Verwalter tritt langsam vor.)

AKT I   SZENE 4

VERWALTER
Wer seid ihr?

> (Keine Antwort.)

NARR
Wir sind auf der Suche nach dem König.

VERWALTER
Ihr sucht den König?

PRINZ
Ja. Den König.

VERWALTER
Habt Ihr deshalb den Palast durch seinen Hintereingang betreten? Weil Ihr hofftet, ausgerechnet dort dem König zu begegnen?!

NARR
Nein. Aber auf welchem Weg hätten wir dem König sonst unseren Respekt bezeugen können?

VERWALTER
Euren Respekt?

NARR
Hätten wir Euren König nicht auf jedem anderen Weg in die unangenehme Lage gebracht, sein Fest für die Ankunft des Prinzen unterbrechen zu müssen? Ein Fest, (ironisch) das so voller Lebensfreude war?

VERWALTER
(Zu Prinz) Dann seid Ihr ein Prinz?

> (Prinz nickt zustimmend.)

(Zu Narr) Und wer seid Ihr?

NARR
Ich bin nur ein einfacher Narr, der seinen Prinz auf einer langen Reise begleitet.

7

VERWALTER
Ein Narr?

> (Verwalter betrachtet Narr prüfend. Der lächelt
> ihm zu, geht auf einen Stuhl zu und setzt sich
> wie selbstverständlich.)

Und mit welchem Recht setzt sich ein Narr ungebeten an die Tafel eines Kö-
nigs?!
NARR
Ihr als sein Verwalter müsstet es eigentlich wissen: Folgt nicht das Recht
immer der Tat? Muss man sich an dieser Tafel nicht zuerst nehmen und dann
fragen? Zumindest erzählt man sich es so.
(Herausfordernd) Außerdem bin ich sicher nicht der erste Narr, der seinen
Platz an der Tafel Eures Königs gefunden hat.

> (Zum ersten Mal muss Tochter lächeln. Narr sieht
> langsam zu König, der noch im Hintergrund steht.
> Steht auf und verneigt sich.)

Mein König.
KÖNIG
Ihr wisst, wer ich bin?
NARR
(Freundlich. Hintersinnig) Ich wäre ein Narr, wenn ich einen König nicht
erkennen würde.
KÖNIG
Du *bist* ein Narr.
NARR
(Heiter) Ja. Aber manchmal vergesse ich mich.
KÖNIG
(Lächelt) Und ich wäre ein Narr, wenn ich dich nicht bestrafen würde.
NARR
Bestrafen? Nein. Ich glaube nicht, dass Ihr das tun werdet.
KÖNIG
Und warum nicht?
NARR
Ein König, der seinen Gästen eine Tafel wie diese bereitet, muss ein groß-
zügiger Mann sein. Oder aber er benutzt die Maske des Wohltäters, um hin-
ter ihr seine wahren Absichten zu verstecken. Würde er sich dann nicht
selbst die Maske vom Gesicht reißen, indem er mich bestraft?
KÖNIG
Und wenn es dem König nichts ausmachen würde, sich auf diese Weise zu ent-
larven? Weil er so mächtig ist, dass ihn die Meinung anderer nicht inter-
essieren muss?

> (Pause.)

(Zur Festgesellschaft) Setzt Euch. (Nachdrücklich) Setzt Euch!

                (Der König setzt sich. Bis auf den Prinz folgen
                alle seiner Aufforderung.)

(Zu Prinz) Ihr seid meinem Verwalter noch eine Antwort schuldig: Wenn Ihr
ein Prinz seid, warum habt Ihr dann meinen Palast durch seinen Hintereingang betreten? Es hätte sicher auch einen anderen Weg gegeben.

                (Keine Antwort. Stille. Mit Ausnahme von Toch-
                ter und Narr scheinen alle erstarrt. Narr wird
                sich dessen langsam bewusst. Er und Tochter se-
                hen sich lange an.)

NARR
(Sehr nah) Du kannst die Zeit anhalten?

                (Keine Antwort.)

Wer bist du?
TOCHTER
(Hart) Die Tochter eines mächtigen Mannes.

                (Narr sieht zu König.)

Nein. Nicht *seine* Tochter.
NARR
Und warum bin ich nicht erstarrt?
TOCHTER
Ich weiß es nicht. Du bist anders.
NARR
(Freundlich) Ich bin nur ein Narr, der seinen Prinzen auf einer langen
Reise begleitet.
TOCHTER
Nein. Du nimmst mich wahr. Das hat noch nie jemand.

                (Tochter und Narr sehen sich erneut lange an.
                Sind sich sehr nah.)

Ist es wichtig?
NARR
Was?
TOCHTER
Dass der Prinz das Ziel seiner Reise erreicht?

                (Narr nickt zustimmend.)

Und der König kann ihm helfen?

NARR
Wenn nicht, wird der Prinz sein Leben verlieren …
TOCHTER
Sein Leben?

> (Sieht sich langsam um. Nach und nach lösen sich alle wieder aus ihrer Erstarrung.)

KÖNIG
Ihr … (Scheint kurz irritiert) seid mir noch eine Antwort schuldig: Warum habt ihr meinen Palast durch seinen Hintereingang betreten?
PRINZ
Weil ich mir nicht sicher sein konnte, dass Ihr mich empfangen würdet.
KÖNIG
Dann seid Ihr kein Prinz?
PRINZ
(Ruhig) Mein Vater ist ein König und ich bin sein Sohn. - Ja. - Aber Ihr müsst wissen: Ich komme aus einem Land … Niemand, dem ich bisher auf meiner Reise begegnet bin, hat jemals davon gehört. Vielleicht wollte ich Euch deshalb auch zuerst nicht begegnen. Ich war mir nicht sicher, wie Ihr reagieren würdet. Wie könntet Ihr glauben, dass ich ein Prinz bin, wenn Ihr das Land, aus dem ich komme, unmöglich kennen könnt?
KÖNIG
Seid beruhigt: Wenn es dieses Land gibt, kenne ich es.
PRINZ
Mein Land?
KÖNIG
Ja. Euer Land. Oder genauer: *Jedes* Land.

> (Prinz versteht nicht.)

Solltet Ihr wirklich nicht wissen, vor wessen Tafel Ihr steht? Und wessen Palast dies ist?
(Leicht bedrohlicher Unterton) Ich bin nicht irgendein König. Ich bin Euer König wie der Eures Vaters! Ich bin König an dieser Tafel. In diesem Palast. An jedem Ort, den Ihr auf Eurer Reise gesehen habt: Ich bin der *König der Realität*! Und *Ihr* … seid ein Teil meiner Welt.
PRINZ
Der König der Realität?
KÖNIG
Ja. Der König der Realität. *Euer* König - wie der *Eures Vaters*. Also: Wer seid ihr? Und wo kommt Ihr her?
PRINZ
Ich bin mir nicht sicher, ob Ihr mir meine Geschichte glauben werdet, wenn ich sie Euch erzähle.
KÖNIG
Es wäre klug, eine Erklärung zumindest zu versuchen.

> (Prinz stimmt schweigend zu.)

PRINZ

(Nachdenklich) Ich komme aus einem Land, weit entfernt von diesem Palast. Unerreichbar für jeden Eurer Gäste. Es ist lange her, dass ich mein Land verlassen habe. Beinahe ein ganzes Leben lang.

TOCHTER

(Zu sich. Leise) Ein ganzes Leben?

PRINZ

Ich habe auf meiner Reise jeden Ort gesehen. Jede Stadt. Jedes Dorf. Immer wieder bin ich dabei Menschen begegnet, für die galt, dass ein Fremder ein Freund ist, zehn Fremde aber eine Grenze bauen.

Jetzt stellt Euch vor, dass ein Land noch nie von einem Fremden betreten wurde, weil es von Bergen umschlossen war, die jeden Weg dorthin versperrt haben.

Dann gibt es keine Grenzen, keine von Menschen gemachten Grenzen. Dann gibt es auch keine Notwendigkeit, sein Land zu verteidigen. Keine Notwendigkeit, dem Land, welches man verteidigt, einen Namen zu geben.

Ich habe vor langer Zeit ein Land verlassen, das Euch fremd sein wird - auch wenn Ihr mein König seid. (Lächelt) Ein Land, in dem an jedem Tag die Sonne schien. Ohne Ausnahme.

VERWALTER

(Sarkastisch) Ihr seid zu beneiden.

(Prinz betrachtet Verwalter. Erkennt dessen Ignoranz. Lächelt.)

PRINZ

Ein Land inmitten von Bergen, die so gewaltig waren, dass selbst der Wind sie nicht überqueren konnte. Und weil es keinen Wind gab … auch keinen Regen! Ein Land, das deshalb kaum jemals genug Wasser hatte. Gerade genug zum Überleben.

VERWALTER

Zu mehr nicht?

PRINZ

Manchmal auch zu mehr. Aber manchmal bedeutet Überleben schon alles, was ein Mensch erreichen kann.

(Verwalter versteht nicht. Prinz deutet auf ein Glas.)

Seht Ihr das Glas, das vor Euch auf der Tafel steht? Habt Ihr nie darüber nachgedacht, wie der Wein, den Ihr trinkt, in dieses Glas gelangt ist? Dass Ihr *Wasser* braucht, damit die Trauben wachsen können, aus denen der Wein gemacht wird? Dass es keine einzige dieser Speisen gäbe? Die Tafel nicht, an der Ihr sitzt? Die Kleidung? Dass es *Euch* nicht geben würde? Vielleicht kann ich sogar verstehen, dass Euch einfaches Wasser nicht interessiert, solange das Glas in Eurer Hand mit Wein gefüllt ist. In meinem Land hätte sich lange Zeit niemand für Euren Wein interessiert!

NARR

(Sanft herausfordernd) Ein tristes Land.

PRINZ
(Lächelt. Ernst) Ja. Vielleicht. In den Augen eines Narren?

KÖNIG
Warum habt Ihr Euer Land dann verlassen?

(Prinz zögert kurz. Wird wieder ernst.)

PRINZ
Warum ich es verlassen habe?
Eines Tages kam ein Fremder zu uns. Niemand hat ihn gesehen. Nicht, wie er die Berge überquerte, und auch nicht, wie er den Palast meines Vaters erreichte. Ein Palast inmitten des Landes! Er war einfach da, stand vor den Toren des Palastes und bat darum, eingelassen zu werden.

KÖNIG
Und was habt ihr gemacht?

PRINZ
Wir behandelten ihn, wie man einen Gast behandeln sollte: Wir gaben ihm zu essen. Zu trinken. Von allem, was wir hatten. Er hat nicht sehr viel geredet, trotzdem schien er ein freundlicher, alter Mann zu sein.

TOCHTER
Ein … alter Mann?

PRINZ
Nach einiger Zeit trat er zu meinem Vater und bedankte sich für den freundlichen Empfang. Dann verlangte er von meinem Vater die Macht über unser Land, als gäbe es nichts Selbstverständlicheres, das er hätte verlangen können. Er forderte König zu sein und war nur ein einzelner, alter Mann - ohne jede Art sichtbarer Macht.
Er war ohne Armee zu uns gekommen. Ohne Waffen! Aber er schien sich seiner Sache so sicher, dass niemand es gewagt hätte, über ihn zu lachen, als wäre er nur ein verwirrter alter Mann, der nicht mehr wüsste, was er sagte.

TOCHTER
Er ist nicht verwirrt. Er ist der …

(Prinz sieht zu Tochter. Tochter bricht ab.)

KÖNIG
Und was hat Euer Vater geantwortet?

(Prinz noch immer von Tochter irritiert. Sieht langsam wieder zu König.)

PRINZ
Er hat die Forderung abgelehnt.

KÖNIG
Und dann?

PRINZ
Dann machte der Fremde uns ein Geschenk.

KÖNIG
Ein Geschenk?

PRINZ

Ja. Ein Geschenk.

(Prinz verliert kurz den Faden.)

NARR

Ein trojanisches Pferd.

(Prinz betrachtet nachdenklich Narr.)

PRINZ

Ja. Eine Art … trojanisches Pferd.

(Prinz sieht wieder zu König.)

Er gab uns Wasser. Wasser im Überfluss. Mehr, als wir jemals hätten verbrauchen können. Ganz gleich, wie viel Wasser wir uns auch nahmen: Von diesem Moment an blieben die Brunnen in meinem Land stets gefüllt!
Weil die Menschen in meinem Land aber nichts von dem Fremden wussten, sahen sie nur das Wasser und irgendwann kamen sie zum Palast meines Vaters, um von ihm eine Erklärung dafür zu erhalten. Für etwas, das sie ein Wunder nannten. Für etwas, das sie ein Wunder nennen mussten!
Sie waren auf dem Weg zu meinem Vater, aber an seiner Stelle trat der Fremde ihnen entgegen. Er erzählte ihnen … Es ist nicht wichtig, was er den Menschen in meinem Land erzählte - nur, dass mein Vater von nun an die Macht über alles Wasser in seinen Händen halten würde. Und mein Vater …
Er widersprach nicht, als er hätte widersprechen müssen.

VERWALTER

Warum hätte Euer Vater ihm widersprechen sollen? Hat der Fremde nicht sogar die Macht Eures Vaters gesichert, indem er ihn für den neu gewonnenen Reichtum verantwortlich machte?

PRINZ

Genau das dachte ich am Anfang auch. Aber wenn von einem Moment zum nächsten aus einem kargen Land ein fruchtbares Land wird … wenn Menschen Wasser sehen, das nie versiegt … Wir glaubten, in einem Paradies zu leben, aber …

KÖNIG

Ist es nicht das, wonach die meisten Menschen suchen?

PRINZ

Nein. Ihr versteht mich nicht!
Es gab genug zu essen. Genug zu trinken. Wir mussten auch nicht mehr dafür arbeiten. Wir lebten in einem Paradies! Nur, dass es keine von Menschen gemachten Paradiese gibt - auch keine von Menschen erdachten!
Wir hatten den alltäglichen Kampf um unser Überleben nur gegen einen anderen Kampf eingetauscht: Den Kampf gegen die Zeit. Die Menschen in meinem Land begannen sich zu langweilen. Sie langweilten sich und merkten es nicht einmal. Die meisten waren verzweifelt, aber sie schrien stumm - konnten weder ihre eigene Verzweiflung hören noch die der anderen.
Dann kam der Fremde ein zweites Mal zu meinem Vater. Und wieder verlangte er die Macht über unser Land.

KÖNIG

Aber Euer Vater lehnte ab?

PRINZ

Ja. Er lehnte ab.

KÖNIG

Und der Fremde?

PRINZ

Noch im selben Augenblick nahm er sein Geschenk zurück. Von einem Moment zum nächsten gaben die Brunnen nur noch so viel Wasser, wie wir zum Überleben unbedingt benötigten. Genau *die* Menge an Wasser, wie vor seiner Ankunft.

VERWALTER

(Überrascht) Der Fremde gab auf?

PRINZ

(Lächelt angestrengt) Nein. Er entstieg dem trojanischen Pferd.

(Sieht sich nachdenklich um.)

Es schien nur so, als wären die alten Verhältnisse wiederhergestellt, aber im Laufe der Zeit hatten die Menschen sich verändert. Sie kamen mit dem wenigen Wasser jetzt nicht mehr aus! Und weil sie sich so sehr daran gewöhnt hatten, dass die Brunnen jederzeit gefüllt waren, versammelten sie sich erneut vor dem Palast meines Vaters.

Sie kamen zu meinem Vater und verlangten von ihm, das Wasser wieder freizugeben. Sie forderten. Sie drohten! Sie meinten, mein Vater würde die Macht über das Wasser besitzen. Die Macht über alles Wasser! Denn so hatte der Fremde es ihnen erklärt.

(Zu Verwalter) Und mein Vater hatte ihm nicht widersprochen, als er hätte widersprechen müssen.

Der Fremde hielt die Macht über unser Land bereits in seinen Händen. Er musste sie nicht mehr von meinem Vater verlangen. In diesem Moment hätte es genügt, vor die Menge zu treten und den Menschen zu versprechen, all ihre Forderungen zu erfüllen – oder ihnen auch nur einen Schuldigen zu nennen.

VERWALTER

Meint ihr wirklich, es wäre so einfach …

PRINZ

(Unerwartet hart) Ja. Es ist so einfach! Ihr seid der Verwalter des Königs. Ihr müsst es wissen.

Dieser fremde Mann … Er hätte sich die Macht einfach nehmen können. Er hätte mein Land zerstören können, aber er tat es nicht. Er schien überhaupt nicht an der Macht über unser Land interessiert zu sein!

KÖNIG

Nicht interessiert?

PRINZ

Nein.

TOCHTER

Er hat nur nach einem Einsatz gesucht.

KÖNIG

Einen Einsatz? Wofür?

> (Keine Antwort. Inmitten der Dunkelheit steht aus dem Publikum unauffällig ein ganz in schwarz gekleideter Mann auf und tritt in der Nähe der Bühne in den Mittelgang.)

Wofür?!

PRINZ
Er hat mir ein Angebot gemacht.

VERWALTER
Ein Angebot? Ihr wollt uns erklären, dass der Fremde ohne einen Grund auf seine Macht verzichtet hätte?

PRINZ
Ich sollte mein Land verlassen und mich auf eine lange Reise begeben. Auf eine sehr lange Reise.

VERWALTER
Ihr sprecht mit dem König der Realität!

PRINZ
Ich sollte mich auf die Suche begeben …

VERWALTER
Ihr sprecht mit dem König der Realität! Erwartet Ihr wirklich, dass man Euch glaubt?!

> (Bis auf Tochter erstarren alle in ihrer Bewegung. Tochter sieht sich um.)

TOCHTER
Vater?

> (Tod tritt ins Halbdunkel und sieht sich lange um. Schweigend betrachtet er Tochter. Auf ein Zeichen von ihm lösen sich alle aus ihrer Erstarrung.)

VERWALTER
Erwartet Ihr wirklich, dass man Euch glaubt?! In dieser Welt? An der Tafel des Königs?!
Ihr erzählt von einem Land ohne Namen. Von einem Fremden, der aus dem Nichts erscheint. Der auf die Macht über Euer Land verzichtet, nur damit Ihr Euch auf eine Reise begebt!

> (Pause. Stille. Alle sehen zu Tod.)

Ein Fremder …

> (Verwalter erkennt, dass ihm niemand mehr zuhört. Tod wartet noch immer im Hintergrund zwischen Bühne und Tafel.)

Ihr steht vor dem König!

TOD
Und doch sagt er die Wahrheit.

      (Tod tritt langsam in das Licht, ohne dass der
      Prinz ihn wahrnimmt.)

VERWALTER
Die …?
KÖNIG
Ja. Die Wahrheit.

      (Bedrohliche Stille.)

PRINZ
Der Fremde machte mir ein Angebot. Ich sollte mein Land verlassen, um mich
auf eine Reise zu begeben. Eine sehr lange Reise, wie er meinte. Ich sollte mich auf die Suche machen … (Unsicher) auf die Suche nach dem Ende meiner Welt.
Wenn ich dieses Ziel erreichen würde, wollte er mir einen Wunsch erfüllen: Auch den, aus meinem Land wieder das zu machen, was es vor seiner Ankunft war. Ich müsste nur mein Ziel erreichen … und *es selbst* als das
Ziel meiner Reise erkennen. Kein Mensch dürfte mir dabei helfen.
Für meine Reise sollte ich drei Leben erhalten. Drei Leben? Was ist das
für ein Angebot?!
TOD
Und habt Ihr Euer Ziel erreicht?

      (Prinz bemerkt Tod erst jetzt.)

PRINZ
Mein Ziel?
TOD
Das Ziel Eurer Reise: Habt Ihr es erreicht?
PRINZ
Nein.

      (Prinz sieht sich nachdenklich um.)

Dieser Palast … Diese Tafel ist der einzige Ort, an dem ich noch nicht ge-
wesen bin, auf meiner Reise. Aber ich fürchte, es ist nur ein weiterer
Ort. Nur ein … weiterer Ort.
TOD
Dann habt Ihr Euer Ziel nicht erreicht?
PRINZ
Nein. Ich habe mein Ziel nicht erreicht.
TOD
Und seid Ihr alt geworden, auf Eurer Reise?

PRINZ

Ja. Ich bin alt geworden. Aber wer …

> (Prinz sieht fragend zu Tod. Begreift nur lang-
> sam, wer vor ihm steht.)

(Zu sich) So viele Jahre …?

TOCHTER

(Leise. Bitter) Wenn Ihr den Fremden sucht … den alten Mann, der vor langer Zeit Euer Land betreten hat, dann seht ihm in die Augen. Alles andere ist Verkleidung. Alles andere … So viele Masken und kein wahres Gesicht!

PRINZ

Ihr seid …?

TOD

Ja. Ich bin der Tod - eine von drei Welten. Ich bin der Fremde. Der einzige Fremde, den ein Land zu fürchten hat!
(Zu Verwalter) Seht mich an: Ich bin wirklich. So wirklich, dass Ihr mich
berühren könntet. (Lächelt) So wirklich, dass ich *Euch* berühren könnte.

> (Betrachtet lange Prinz, der vollkommen in sich
> gekehrt scheint.)

Es ist lange her, dass wir uns das erste Mal begegnet sind. Ein ganzes Leben lang! Ich habe Euch begleitet, auf Eurer Reise, aber jetzt seid ihr
alt geworden.

PRINZ

Ja. Ich bin alt geworden.

TOD

Ihr habt von mir für Eure Reise drei Leben erhalten und nun bin ich gekommen, Euch eines davon wieder zu nehmen.

> (Tod geht langsam in Richtung Bühne in die Dun-
> kelheit. Bleibt stehen. Sieht sich zu Prinz um.)

Wir werden uns wiedersehen. Und vielleicht sehen wir uns schon sehr bald.
Noch bleiben Euch zwei Leben für Eure Suche. Nutzt sie gut. Menschen gehen allzu verschwenderisch mit ihrer Zeit um.

PRINZ

Wohin geht Ihr?

> (Tod will weitergehen.)

Wartet!

> (Tod wendet sich noch einmal Prinz zu.)

Wie geht es … meinem Vater?

TOD

Eurem Vater?

17

(Tod zögert, als sein Blick auf Tochter trifft. Beide sehen sich lange an. Tod lächelt.)

Was immer ihr auch tut: Er wird immer Euer Vater sein.

(Tod geht ab. Bedrückende Stille. Prinz wirkt orientierungslos.)

AKT I   SZENE6

TOCHTER
Was habt Ihr jetzt vor?
PRINZ
Ich weiß es nicht. Ich bin ein Leben lang durch diese Welt gereist. Aber jetzt …
TOCHTER
Warum bittet Ihr nicht den König, dass er Euch bei Eurer Suche hilft.
PRINZ
Den König? Nein. Er könnte mir sicher nicht helfen.
TOCHTER
Niemand in dieser Welt wird alleine gegen den Tod bestehen können. Auch Ihr nicht.
NARR
Nein. Aber wenn es ein Fehler war, nach einem *Ort* als Ziel der Reise zu suchen? Wenn es genau darum nicht ging?
TOCHTER
Wie meinst du das?

(Narr fällt es schwer, weiterzusprechen. Spürt, dass er Tochter verletzen wird.)

NARR
(Zu Prinz) Ihr habt in jedem Land, in jeder Stadt, in jedem Dorf gesucht. Wir haben dabei jeden Berg bestiegen, jedes Meer befahren und jede Wüste durchquert. Trotzdem habt Ihr ein Leben verloren. Vielleicht war es ein Fehler, zu glauben, dass das Ziel Eurer Reise in *dieser* Welt zu finden sei.
PRINZ
In *dieser* Welt? Nein.

(Prinz schaut sich nachdenklich um. Tochter und Narr sehen sich währenddessen lange an. Tochter erkennt Absicht Narr.)

TOCHTER
(Leise. Zu sich) Ihr wollt gehen?
NARR
(Sanft. Traurig) Es ist nicht meine Entscheidung. Ich bin nur ein Narr, der seinen Prinz auf einer langen Reise begleitet.

(Betrachtet nachdenklich Prinz.)

Erinnert Ihr Euch? Es ist noch nicht lange her, dass wir einer Frau begegnet sind, die uns von einer anderen Welt erzählt hat.
Sie war etwas ganz Besonderes.
TOCHTER
Etwas Besonderes?
NARR
(Mit kurzem Blick auf Tochter. Sanft) Ja.

(Sieht langsam wieder zu Prinz.)

Weil sie nie nur das glauben wollte, was sie sah. Die genau wie wir auf der Suche war. Sie war …

(Prinz begreift langsam.)

VERWALTER
(Zu Prinz) Von wem spricht er?
PRINZ
(Nachdenklich) Er spricht von einer Frau, die uns für einige Zeit auf unserer Reise begleitet hat. Irgendwann haben sich unsere Wege dann wieder getrennt. Irgendwann …
NARR
Sie war etwas Besonderes.
PRINZ
(Zu sich) Ja. Sie war etwas Besonderes. Unscheinbar. Schüchtern. Auf der Suche … (Lächelt) Zerbrechlich wie brüchiges Eis. Und trotzdem stark genug, jede Last zu tragen. Ich bin noch nie einer Frau wie ihr begegnet.

(Prinz wirkt irriert. Verloren.)

Irgendwann haben sich unsere Wege wieder getrennt, weil wir nicht das gleiche Ziel hatten. Weil *wir* ein Ziel hatten und *sie* nicht. *Unser* Weg hat uns an diese Tafel geführt und *ihr* Weg …
NARR
Ihr Weg?
PRINZ
Sie war auf der Suche nach einer anderen Welt. Sie hat mir oft davon erzählt, aber ich dachte immer … Ich …

(Sieht sich um. Als hätte er etwas begriffen.)

Vielleicht habe ich nie wirklich verstanden, was sie mir hat sagen wollen. Oder ich habe ihr nie wirklich zugehört. Ich dachte, ich wäre einzig und allein ein Teil *dieser* Welt und konnte mir nicht vorstellen … Ich wollte mir nicht vorstellen, dass es auch noch etwas anderes geben könnte! Jetzt bin ich dem Tod begegnet und frage mich …

NARR

… ob Ihr Eure Suche nicht in der Welt fortsetzen solltet, von der die Frau euch erzählt hat?

(Prinz stimmt schweigend zu.)

In der Welt der Fantasie?

VERWALTER

Sie wird Euch nicht helfen können.

PRINZ

Sie?

VERWALTER

Die Königin.

(Prinz versteht nicht.)

KÖNIG

Ihr habt noch nie von ihr gehört?

(Prinz schüttelt den Kopf.)

Die Königin der Fantasie! *Sie* ist der Grund, warum es die Menschen immer wieder in ihre Welt zieht. Der Mittelpunkt ihrer Welt! Vielleicht noch mehr, als ich der Mittelpunkt dieser Welt bin. Aber sie wird Euch nicht helfen können.

Sie wird Euch dazu bringen, nach Dingen zu suchen, die Euch immer weiter vom Ziel Eurer Reise abbringen werden. Weil sie wie ein Dieb den Menschen die Zeit stiehlt.

Die Königin ist eine wunderschöne Frau, die jeden Menschen für sich einnimmt. Jeden, der ihr begegnet. Die jeden verführt. Sie wird Euch bei der Hand nehmen. Sie wird Euch in ihrer Welt umherführen und am Ende …

PRINZ

Am Ende?

TOCHTER

(Hart) Ihr werdet nur Eure Zeit sinnlos vertun.

PRINZ

Meine Zeit?

(Sieht sich um.)

Ich habe ein ganzes Leben damit verbracht, von einem Ort zum nächsten zu reisen. Immer auf der Suche … Vielleicht, wenn *dies* meine Welt ist … vielleicht brauche ich einfach nur für einige Zeit Abstand von ihr, um das Ziel meiner Reise zu erkennen.

TOCHTER

(Leise) Und werdet dabei Eure Nähe verlieren.

(Narr sieht nachdenklich zu Tochter.)

PRINZ
Vielleicht brauche ich einfach nur etwas Abstand.
KÖNIG
Ihr wollt meine Welt verlassen?
PRINZ
Eure Welt? Nein. Aber vielleicht kann ich meinen Weg nur in der Welt der
Fantasie finden. Hier habe ich schon überall gesucht.

>   (Sieht sich lange im Zuschauerraum um.)

(Zu Narr) Wir können nicht länger bleiben.Komm. Lass uns gehen.

>   (Prinz geht langsam in Richtung Bühne. Sieht
>   sich zu Narr um, der noch zögert.)

Kommst du? Es wird Zeit!

>   (Narr und Tochter sehen sich lange an. Als wür-
>   de er genau verstehen, wie Tochter sich jetzt
>   fühlt. Lächelt entschuldigend. Für einen kurz-
>   en Moment kommen die beiden sich erneut sehr
>   nah. Langsam folgt der Narr dem Prinz und schließ-
>   lich gehen beide über die in der Dunkelheit lie-
>   gende Bühne ab.)

AKT I   SZENE 7

TOCHTER
(Leise) Warum habt Ihr ihn nicht zurückgehalten?
KÖNIG
Es war seine Entscheidung.
TOCHTER
(Hart) Ja. Es war seine Entscheidung.

>   (Nach einiger Zeit beginnt die Festgesellschaft,
>   sich von den Speisen der Tafel zu bedienen. Als
>   hätten sie all das, was geschehen ist, bereits
>   wieder vergessen. Tochter zieht still die Bei-
>   ne an. Legt den Kopf auf ihre Knie. Licht ver-
>   stärkt auf Tochter und König. Tochter sieht nach
>   einer Weile wieder auf. Wirkt verloren. Heimat-
>   los. Für kurze Zeit Unruhe außerhalb des Zu-
>   schauerraums. Wie eine aufgebrachte Menschenmenge
>   in weiter Ferne. Tochter sieht zu König.)

(Leise) Wolltet Ihr deshalb, dass er geht?
KÖNIG
Wie meint Ihr das?

TOCHTER
Weil Ihr wusstet, dass er eine Lücke hinterlassen wird?
KÖNIG
Eine Lücke?
TOCHTER
Der Prinz war einer der wenigen, die es noch gewagt hätten, Euch zu widersprechen. Der gegen Euch hätte bestehen können! Vielleicht der einzige. - Der sogar den Mut hat, sich gegen den Tod zu stellen.
KÖNIG
(Herausfordernd) Der Prinz oder der Narr? Von wem redet Ihr?

(König und Tochter durchschauen einander. Spannung zwischen beiden nimmt zu.)

TOCHTER
Diese Welt: Seht sie Euch an!

(Betrachtet die anderen Festgäste.)

Eine Welt, in der das Leben ein Fest ist, bei dem jeder nur darauf sieht, sich selbst in den Mittelpunkt zu stellen - und in der sich die Wahrheit hinter Masken versteckt. Ihr werdet die Gelegenheit nutzen …
KÖNIG
Die Gelegenheit?
TOCHTER
… Eure Macht zu vergrößern.

(König sieht sich um.)

Nein. Keine Angst! Es versteht mich niemand. Sie sind zu sehr damit beschäftigt, das Erlebte zu vergessen. Eure Welt wird sich verändern, ohne den Prinz. Ihr selbst werdet Euch verändern, im Laufe der Zeit! Ihr werdet die Gelegenheit nutzen. Ihr könnt nicht anders.

(König betrachtet lange Tochter.)

KÖNIG
Wer seid ihr?

(Keine Antwort.)

(Zur Festgesellschaft. In Gedanken) Ich möchte, dass ihr jetzt geht.

(Keine Reaktion. König sieht sich um. Niemand hat ihm zugehört. König steht auf.)

Das Fest ist beendet. Ich möchte, dass Ihr meine Tafel jetzt verlasst!

(Gäste sind irritiert.)

22

(Nachdrücklich) Geht jetzt. Sofort! Das Fest ist beendet.

(Die ersten Gäste stehen zögernd auf. Niemand versteht, was gerade geschieht.)

(Laut. Heftig) Alle!

(Die letzten Gäste stehen auf. Festgesellschaft verlässt ein wenig verstört den Zuschauerraum. Währenddessen setzt sich der König wieder. Nur Verwalter und Tochter sind zurückgeblieben.)

Ihr habt gesagt, ich würde versuchen, die Gelegenheit zu nutzen? Wie habt Ihr das gemeint?

(Tochter tritt langsam vor die Tafel.)

Wie könnte ich die Gelegenheit nutzen?
TOCHTER
(Sanft) Indem Ihr Eure Gäste fortschickt. Und indem Ihr *mir* zuhört. Ihr werdet mich fragen …
KÖNIG
Was werde ich Euch fragen?
TOCHTER
Ich bin eine von denen, denen Ihr sonst nie zuhört. Eine von denen, die sonst nur geduldet sind, an Eurer Tafel. Am Rande Eurer Tafel. Eine von denen! Warum hört Ihr mir *jetzt* zu?

(Keine Antwort.)

Ihr werdet mich bitten, Eure Macht zu vergrößern.
VERWALTER
Ihr wollt …
TOCHTER
(Hart) Vielleicht ist Euer König in diesem Moment der einzige, der mich wirklich versteht. Vielleicht ist er deshalb der König. Weil er erkennt, in welchen Zeiten sich Macht gewinnen lässt!

(Unruhe außerhalb des Zuschauerraums. Für einen Moment ist Marschlärm zu hören.)

TOCHTER
Hört Ihr das? Es beginnt schon.
KÖNIG
Wenn Ihr den Prinz vermisst …
TOCHTER
Ja?
KÖNIG
Ihr könntet ihn an meine Tafel zurückholen.

TOCHTER

Welchen Sinn würde das für Euch machen? Außerdem würde er die Welt der Fantasie kaum verlassen, bevor er sein Ziel nicht erreicht hat.

KÖNIG

(Lächelt) Es sei denn, die Königin würde den Prinz an meine Tafel begleiten. Um gemeinsam mit mir dem Prinz zu helfen.

> (Tochter betrachtet lange König. Geht langsam in Richtung Bühne. Sieht noch einmal zu König. Hat seine Absicht längst durchschaut. Verachtet ihn dafür)

TOCHTER

Warum sollte die Königin den Prinz an Eure Tafel begleiten? Ihr seid Gegner, so lange es Euch gibt. Sie wird wissen, dass sie Euch nicht vertrauen kann.

KÖNIG

Ihr werdet einen Weg finden.

> (Tochter sieht sich im Zuschauerraum um. Wirkt verloren.)

TOCHTER

Ja. Ich werde einen Weg finden.

> (Kehrt dem König langsam den Rücken zu und geht in Richtung Bühne. Tochter verlässt Zuschauerraum über die Bühne in die Dunkelheit. Licht auf Tafel erlischt. Lange Pause.)

AKT II

[BÜHNE = WELT DER FANTASIE]

(Auf der Bühne sitzt ein alter Mann allein auf einer Bank und schnitzt Holzfiguren. Im Hintergrund eine einfache Wand mit einer übergroßen schwarzen Tür. Daneben eine Spiegeltür gleicher Größe. An der Seite steht eine junge Frau im Halbdunkel und beobachtet den alten Mann. Als der alte Mann sie bemerkt, lächelt er. Die Frau geht zögernd auf ihn zu.)

AKT II SZENE 1

FRAU
Entschuldigt bitte.
ALTER MANN
Ja?
FRAU
Darf ich … Darf ich mich vielleicht einen Augenblick zu Euch setzen?
ALTER MANN
Sicher. Setzt Euch nur.

> (Frau setzt sich und sieht dem alten Mann bei seiner Arbeit zu, bis von draußen erneut leiser Marschlärm zu hören ist. Nachdenklich sieht Frau in Richtung Seitentüren. Im Gegensatz zum alten Mann spürt sie die Bedrohung. Der alte Mann schnitzt ruhig weiter.)

FRAU
Hört Ihr das auch?
ALTER MANN
Nein? Was sollte ich hören?

> (Nach und nach verstummt der Marschlärm. Der alter Mann schaut auf. Betrachtet die Frau. Lächelt. Schnitzt weiter.)

Ihr seht ein wenig müde aus.
FRAU
Ich bin auf einer langen Reise.
ALTER MANN
(Lächelt sanft) Sind wir das nicht alle, irgendwie?
FRAU
Nein. Es ist … Ich meine: Ich bin wirklich auf einer langen Reise.
ALTER MANN
(Lächelt) Wirklich? In dieser Welt?
In der Welt der Fantasie?

25

FRAU

Ich weiß nicht. Vielleicht bin ich …

ALTER MANN

(Sanft) … auf der Suche nach einem ganz besonderen Menschen?

(Frau weicht aus.)

Nach dem Menschen, den Ihr liebt?

FRAU

Wie kommt Ihr darauf?

ALTER MANN

Ich bin alt. Und ich sitze schon seit langer Zeit an diesem Ort. Seit sehr langer Zeit. Dieser Ort ist wie ein Bahnhof und die Menschen sind wie Züge darin. Sie kommen von weit her, halten kurz an und sind schon bald wieder auf der Suche nach einem neuen Ziel.

Auch Ihr werdet Euch schon bald wieder auf den Weg machen, um nach dem Menschen zu suchen, den Ihr liebt. Nach dem Mann … (Lächelt) … oder vielleicht auch …

FRAU

Ihr irrt Euch: Ich liebe ihn nicht.

ALTER MANN

Wen liebt Ihr nicht?

FRAU

Seht mich an.

ALTER MANN

(Heiter) Ja. Gerne.

FRAU

Nein. Seht mich genau an: Ich bin nur eine einfache Frau.

ALTER MANN

(Sanft herausfordernd) Ich bin noch nie einer einfachen Frau begegnet.

FRAU

Ihr nehmt mich nicht ernst.

ALTER MANN

Ich nehme jeden Menschen ernst, der zu mir kommt.

(Betrachtet Frau mit großer Wärme.)

Warum erzählt Ihr mir nicht einfach von dem Mann, den Ihr *nicht* liebt?

FRAU

Er …

ALTER MANN

… Ja?

FRAU

Er ist ein Prinz.

ALTER MANN

(Sanft herausfordernd) Ein Prinz?

FRAU

(Lächelnd) Nein. Er ist wirklich ein Prinz. Der Sohn eines Königs. In der Welt der Realität!

Wir sind für einige Zeit den gleichen Weg gegangen. Ich habe ihm oft von dieser Welt erzählt, aber ich glaube, er hat mich nie wirklich verstanden. Er hat es versucht, aber … Irgendwann haben sich unsere Wege dann wieder getrennt. Wir hatten einfach nicht das gleiche Ziel.

ALTER MANN
Das gleiche Ziel?

FRAU
Nein. Ich war … Ich weiß nicht …

ALTER MANN
… auf der Suche nach einem Menschen, der Euch ehrlich liebt? Ohne jede Bedingung und ohne jeden Zweifel?

FRAU
Ja. Vielleicht. Aber er war eben nicht auf Suche nach mir.

ALTER MANN
Dann habt Ihr ihn gefragt?

(Keine Antwort.)

Weil Ihr Gefühle für berechenbar haltet?

(Keine Antwort.)

(Sanft) Sie sind es nicht.

(Frau will widersprechen.)

(Abwehrend) Nein. (Lächelt) Gefühle gehen ihren eigenen Weg. Sie fragen nicht nach Erlaubnis. Sie stellen keine Fragen und sie geben auch keine Antworten. Sie sind einfach nur da. Selbst vor einem alten Mann wie mir machen sie nicht halt.
Wenn Ihr Angst habt vor Euren Gefühlen, dann gibt es nur einen einzigen Weg, sie zu bekämpfen: Gebraucht Euren Verstand! Und: Denkt Eure Gefühle fort! Denkt den Prinz fort. Verbannt jeden Menschen, der Euch irgendetwas bedeuten könnte. Aber erwartet nicht für einen einzigen Moment, dadurch glücklicher zu sein - oder auch nur weniger unglücklich.
(Nah) Wie wollt Ihr wissen, was der Prinz für Euch empfindet, wenn Ihr ihm nicht einmal Gelegenheit zur Antwort geben wollt?

FRAU
Aber …

ALTER MANN
Es gibt kein »Aber«. Nicht, wenn Ihr wirklich leben wollt. Und ganz sicher nicht, wenn Ihr glücklich werden wollt.

(Beginnt wieder mit dem Schnitzen. Nach einiger Zeit ist von draußen erneut leiser Marschlärm zu hören. Der alte Mann bemerkt die Geräusche, kann sie aber nicht einordnen. Als der Lärm wieder verstummt, setzt er seine Arbeit fort. Im Hintergrund ist schwach Tochter zu erkennen, die

(den beiden zugehört hat. Frau hat eine Figur in
die Hand genommen.)

Gefallen Euch meine Figuren?

FRAU
Ja. Sehr.

(Tochter tritt vorsichtig aus der Dunkelheit
weiter ins Licht. Wird dabei weder von der Frau
noch vom alten Mann wahrgenommen.)

ALTER MANN
Wisst Ihr: Es gibt Menschen, die anders darüber denken.
Wenn Sie meine Figuren sehen, fragen Sie mich oft, warum ich mir so viel
Mühe machen würde. Man könne Figuren wie diese viel leichter herstellen -
und schneller - (Lächelt) und ohne einen einzigen Fehler.

FRAU
Und was gebt Ihr ihnen als Antwort?

ALTER MANN
Dass meine Figuren anders sind, weil sie leben. Seht sie Euch genau an:
Jede meiner Figuren erzählt eine eigene Geschichte.

(Deutet auf die Figur in seiner Hand.)

Diese erzählt von einer einfachen Frau, die einen Prinz liebt. Ihn nicht
liebt. Sich nicht eingestehen will …
Meist werde ich belächelt, weil ich Figuren schnitze, die niemand haben
will. Ich würde damit meine Zeit verschwenden. Und die gleichen Menschen,
die sich jung nennen, verstehen nicht, dass ich alt bin … und lebe. Meist
lachen sie dann.

FRAU
Und es macht Euch nichts aus, wenn man über Euch lacht?

ALTER MANN
Manchmal macht es mir etwas aus. Und dann macht es mich traurig, weil ich
verstehe, warum sie lachen.

(Frau hört nicht mehr richtig zu.)

Ihr vermisst den Prinz, nicht wahr?

(Keine Antwort.)

Manchmal?

FRAU
Wir hatten nicht mehr den gleichen Weg.

ALTER MANN
Und warum nicht?
Ich weiß, wohin Euch Euer Weg geführt hat. Aber wohin wollte der Prinz?
Was war das Ziel seiner Reise?

> (Tochter tritt näher, ohne wahrgenommen zu werden. Auf ihre Stimme wird dennoch reagiert.)

TOCHTER
(Leise) Zum Palast des Königs.

ALTER MANN
Zum Palast des Königs?

TOCHTER
In der Welt der Realität.

ALTER MANN
Warum wollte er dorthin? Was wollte er beim König?!

FRAU
Er war auf der Suche … Der Prinz hatte schon eine lange Reise hinter sich. Fast ein ganzes Leben.

ALTER MANN
(Irritiert) Ein Leben?

TOCHTER
Er musste sein Land verlassen, weil …

ALTER MANN
Er musste?!

TOCHTER
Ja.

> (Der alte Mann bemerkt Tochter im Hintergrund und spürt die Bedrohung, die von ihr ausgeht.)

FRAU
Vor langer Zeit war ein Fremder in das Land des Prinzen gekommen und hat es in seine Gewalt gebracht. Nur ein einziger, alter Mann!

ALTER MANN
(Mit Blick auf Tochter) Ein alter Mann?

TOCHTER
Er hat dem Prinz ein Angebot gemacht. Er …

ALTER MANN
(Zu Frau) Was für ein Angebot?

FRAU
Er sollte sein Land verlassen und sich auf die Suche machen.

ALTER MANN
(Eindringlich) Auf die Suche? Wonach?! Ich muss es wissen.

> (Frau ist irritiert.)

TOCHTER
Nach dem Ende seiner Welt.

ALTER MANN
(Entsetzt) Nach dem Ende … seiner Welt.

> (Marschlärm beginnt erneut. Alter Mann springt auf.)

FRAU
Was habt Ihr?

ALTER MANN
Er darf es nicht finden. Hört Ihr?! Wenn die Herrscher aller drei Welten zusammen an einem Ort … Nein. Es darf nicht geschehen. Wenn sie sich in einer Welt begegnen … Nein. Es darf nicht geschehen!

(Der alte Mann ist starr vor Angst.)

Das Ende …

FRAU
Dann kennt Ihr das Ziel des Prinzen?

ALTER MANN
Ihr versteht nicht. Es geht um mehr. Um viel mehr!
Er darf es nicht finden. Niemals! Ihr müsst mir versprechen …

(Marschlärm kommt näher.)

Und wenn der Preis dafür sein Land ist. Und wenn der Preis sein eigenes Leben ist! Die Grenzen dürfen nicht fallen. Niemals!

FRAU
Die Grenzen? Was meint Ihr damit?

ALTER MANN
Ich habe Angst, versteht ihr?! Sie dürfen nicht fallen! Zum ersten Mal Angst, seit langer Zeit! Hört ihr nicht diese Schritte? Versteht Ihr denn nicht, was sie bedeuten? Ich …

TOCHTER
Ihr wisst, wo der Prinz das Ziel seiner Reise finden kann? Und ihr wollt ihm nicht helfen?!

ALTER MANN
Nein. Ich muss gehen. Ich darf nicht länger warten!
(Zu Frau) Vergesst, was ich gesagt habe!

(Sieht sich um.)

Vergesst alles! Sie dürfen nicht … Niemals!

(Alter Mann verlässt fluchtartig die Bühne. Frau sieht ihm verwirrt nach. Langsam verstummt der Marschlärm. Tochter beobachtet Frau.)

AKT II   SZENE 2

TOCHTER
(Leise. Sanft) Er wird nicht wiederkommen.

(Keine Reaktion.)

Nie wiederkommen.

Ich habe Euch zugehört. Euch und dem alten Mann. Als er vom Ende der Welt erzählt hat.

FRAU

(Zu sich) … mir zugehört.

TOCHTER

Ich bin wie Ihr dem Prinz begegnet. Vor langer Zeit. Im Palast des Königs.

FRAU

Im Palast des Königs?!

TOCHTER

In der Welt der Realität.

(Frau nimmt Tochter nur langsam wahr.)

FRAU

Wer seid Ihr?

TOCHTER

… Der Prinz hat dem König von seiner Reise erzählt. Dann ist der Fremde an die Tafel des Königs gekommen.

FRAU

Der Fremde?

TOCHTER

Er ist gekommen, dem Prinz sein Leben zu nehmen.

FRAU

Sein Leben?

TOCHTER

Ja. Eines seiner drei Leben.

(Pause.)

FRAU

Dann ist der Fremde … der …

(Tochter nickt zustimmend.)

Und …

TOCHTER

Ja?

FRAU

(Sanft. Besorgt) Wie geht es dem Prinz jetzt?

TOCHTER

Ich weiß es nicht. Es ist lange her, dass ich ihn gesehen habe. Nachdem der Fremde gegangen war, hat auch der Prinz die Tafel des Königs verlassen. Ich weiß nur, dass er noch immer auf der Suche ist. Hier, in dieser Welt. Er kann nicht weit entfernt sein.

FRAU

Nicht weit von hier?

TOCHTER

Ja.

FRAU
Und ist er …
TOCHTER
Nein. Er hat niemanden, der ihn begleitet. Wenn es das ist, was ihr meint.
Nur der Narr ist an seiner Seite … und die Königin.
FRAU
Die Königin?

(Frau sieht wieder altem Mann nach. Tochter beobachtet sie dabei.)

TOCHTER
Der alte Mann hat vom Ende der Welt gesprochen. Meint Ihr nicht, dass der
Prinz davon erfahren sollte? Ist es nicht das, wonach er sucht?

(Keine Antwort.)

Warum sagt Ihr nichts?
FRAU
Weil ich mir nicht sicher bin, ob es der richtige Weg ist. Ihr habt ge-
hört, was der alte Mann gesagt hat.
TOCHTER
Ich habe einen alten Mann gehört. Ein alter Mann, beherrscht von seiner Angst!
FRAU
Vielleicht hatte er einen Grund für seine Angst.

(Tochter weicht Blick Frau aus.)

TOCHTER
Der Prinz kann nicht weit von hier sein. Meint Ihr nicht, einer von uns
sollte ihm von dem alten Mann erzählen?
FRAU
Ich bin mir nicht sicher, ob es richtig ist.
TOCHTER
Es ist *seine* Entscheidung.
FRAU
Ja. Es ist seine Entscheidung. Aber …
TOCHTER
Ich bin sicher, dass der alte Mann mehr weiß, als er uns gesagt hat. Ganz
sicher weiß er mehr. Und der Prinz hat ein Recht, davon zu erfahren.

(Frau überlegt.)

Vielleicht kann ich den alten Mann dazu bringen, dass er zurückkehrt, um
dem Prinz zu helfen.
FRAU
Ihr wollt dem alten Mann folgen?
TOCHTER
Ja. Inzwischen könntet Ihr nach dem Prinz suchen.

> (Frau versteht nicht.)

Irgendjemand muss ihm vom alten Mann erzählen. Jemand, dem er vertraut.

> (Frau versteht noch immer nicht.)

Der Prinz hat von *Euch* gesprochen, an der Tafel des Königs. Er hat sich an das erinnert, was Ihr ihm über diese Welt erzählt habt. Deshalb ist er hier. Er würde sich sicher freuen, Euch wiederzusehen. Mehr als das. Ihr bedeutet ihm sehr viel. Und er vertraut Euch. Wenn Ihr ihm von dem alten Mann erzählt … Wir dürfen nicht zu viel Zeit verlieren.

FRAU
Vielleicht habt Ihr recht.

> (Erneut kurzer Marschlärm. Frau sieht nachdenklich zu den Seitentüren im Zuschauerraum.)

TOCHTER
Woran denkt Ihr?

FRAU
Wenn wir den alten Mann und den Prinz gefunden haben … Wir müssen uns irgendwo treffen?

TOCHTER
Warum nicht hier?

FRAU
Hier?

TOCHTER
Ja. Hier, an diesem Ort.

> (Frau stimmt wortlos zu. Lächelt sanft. Geht langsam ab. Pause. Stille. Nur ein einziges Licht auf Tochter.)

AKT II SZENE 3

TOCHTER
Es tut mir leid. Ich verstehe dich nicht. Wie kannst du mir nur vertrauen? Ich werde dich enttäuschen. Genau, wie der Prinz dich enttäuschen wird.

> (Die Seitentüren im Zuschauerraum öffnen sich.)

Und wenn du ihm vom alten Mann erzählst … Der Prinz wird vergessen, dass es dich gibt. Wie viel du ihm einmal bedeutet hast! Es wird ihn nur noch interessieren, sein Ziel zu erreichen.

> (Geht langsam zur Spiegeltür im Hintergrund. Betrachtet sich im Spiegel. Beginnt, mit einigen Handgriffen an Kleidung und Frisur ihr Äußeres zu verändern.)

Ich werde dem alten Mann nicht folgen. Ich habe nur einen Weg gesucht!
Nur … einen Weg.
Schon bald wird der Prinz die Königin dazu bringen, Ihre Welt zu verlassen. Sie wird ihm an die Tafel des Königs folgen. Weil ich es so will!
(Leise. Zu sich) Vielleicht, wenn wir uns früher begegnet wären …

> (Wendet sich langsam in Richtung Publikum. Hat sich in eine wunderschöne Frau verwandelt.)

Der alte Mann hat sich vor *mir* gefürchtet, nicht vor deinen Fragen. Er hat sich gefürchtet, weil er in mir meinen Vater erkannt hat! Weil mein Vater der Tod ist. Die Nacht. Und ich … bin *seine* Tochter. Gefangen unter einem Himmel aus Stein. Mit einem Vater, der nie mein Vater war. Nie sein durfte, und den ich trotzdem … den ich …

> (Sieht zur schwarzen Tür im Hintergrund der Bühne.)

(Nah. Verletzlich) Irgendwann, vor langer Zeit Vater, habe ich deine Welt verlassen, aber in der Welt der Realität einen Platz zu finden, mit einem Schatten im Gesicht - Mit deinem Schatten! -, wenn man nicht wagen kann, den Menschen in die Augen zu sehen, weil man in jedem Moment fürchten muss, sich verraten zu können …

> (Leiser Marschlärm.)

Ich habe gelernt, Vater. Ich werde nicht länger verschweigen, wer du bist! Und wenn die Menschen sich vor mir fürchten … Nie mehr grau. Nie mehr! Nicht für einen einzigen Tag.

> (Langsam entfernt sich der Marschlärm. Verstummt bald ganz.)

Es wird Zeit, dass ich selber die Regeln bestimme. Ich werde spielen. Den Prinz verführen und mit seiner Hilfe …

> (Bricht ab. Pause.)

Mit einem Leben, das zu einem einzigen Spiel geworden ist! Und ich … zu einer Figur darin.

> (Prinz erscheint alleine von der Seite. Sieht sich auf der Bühne um.)

AKT II SZENE 4

TOCHTER
Ihr seid allein? Wo ist die Königin?
PRINZ
Die Königin?

34

TOCHTER
(Unsicher) Und wo ist der Narr, der Euch begleitet hat?

(Keine Antwort.)

Die Frau, die Euch von dem alten Mann erzählt hat?

(Prinz nimmt Tochter erst jetzt wahr. Erkennt sie nicht wieder.)

Wo sind Sie?!
PRINZ
Sie kommen nach. Später.
TOCHTER
Später?

(Prinz betrachtet Tochter genauer.)

PRINZ
Wer seid Ihr?
TOCHTER
Ich bin die Frau, die dem alten Mann gefolgt ist.
PRINZ
Aber … er ist nicht hier?

(Keine Antwort. Prinz geht nachdenklich auf die Bank zu.)

TOCHTER
Warum habt Ihr die Anderen zurückgelassen?
PRINZ
Ich konnte nicht länger warten. Ich habe schon zu viel Zeit verloren.

(Prinz sieht zu Tochter.)

Wenn Ihr dem alten Mann gefolgt seid? Wisst Ihr, wo …
TOCHTER
Er wird nicht kommen.

(Prinz versteht nicht.)

Er wird nicht kommen!

(Tochter beobachtet Prinz genau. Lächelt.)

Ihr seid … ein merkwürdiger Mann.
PRINZ
Weil ich gehofft hatte, den alten Mann hier zu treffen? Den Mensch, der mir helfen könnte, das Ziel meiner Reise zu finden?!

TOCHTER

Nein. Weil Euch nur noch der alte Mann zu interessieren scheint. Weil es scheint, als würden Euch die Menschen am Rande Eures Wegs nicht mehr interessieren.

(Keine Reaktion.)

Ihr habt Euch verändert, in dieser Welt.

PRINZ

Woher wollt Ihr das wissen?

(Keine Antwort. Prinz irritiert. Etwas an Tochter kommt ihm bekannt vor.)

(Unsicher) Kenne ich Euch?

TOCHTER

(Ruhig) Nein. Niemand kennt mich.

(Prinz nimmt Tochter langsam als attraktive Frau wahr. Tochter zögert. Überwindet sich.)

Wenn Ihr … Wenn Ihr für einen Moment vergessen könntet - nur für einen einzigen Moment -, dass Ihr ein Prinz seid, auf der Suche nach dem Ende seiner Welt … Seid Ihr dann nicht auch ein Mann? Und bin ich nicht eine Frau?

(Prinz ist irritiert.)

Warum seht Ihr mich dann nicht an? Ich meine: Richtig!
Bin ich zu hässlich?

PRINZ

Nein. Ganz sicher nicht.

TOCHTER

Bin ich Euch nicht klug genug?

PRINZ

Nein. Wie kommt Ihr darauf?

TOCHTER

Oder ist sonst etwas falsch an mir? Irgendetwas, dass Euch davon abhalten könnte, in mir eine Frau zu sehen? Einfach nur eine Frau?

(Keine Antwort.)

Warum ist dann das Erste, was Ihr mich fragt, wo ein alter Mann zu finden ist? Weil er wichtiger für Euch ist? Wichtiger als jedes menschliche Gefühl?

(Keine Antwort. Nach einiger Zeit wendet Prinz sich langsam ab.)

Er wird nicht kommen. Der alte Mann, der Euch so viel bedeutet. Er wollte Euch nicht sehen!

PRINZ

Dann seid Ihr ihm gefolgt?

(Keine Antwort.)

Wo ist der alte Mann jetzt? Ihr müsst es mir sagen!

TOCHTER

Ich weiß nicht, wo er jetzt ist. Aber es wäre auch ohne Bedeutung: Er würde Euch sicher nicht mehr sagen als mir.

PRINZ

Und wenn ich Ihm folge? Ich könnte ihn selbst fragen.

(Prinz will aufbrechen.)

TOCHTER

(Sanft) Nein. Nicht. Es hätte keinen Sinn. Er würde vor Euch davonlaufen. Er hat einfach zu viel Angst.

(Prinz ist irritiert. Glaubt Tochter. Resigniert zusehends. Setzt sich langsam auf die Bank. Wirkt müde. Sieht fragend zu Tochter.)

Es tut mir leid: Ich weiß nicht mehr als Ihr. Nur das, was Ihr selber schon gehört habt: Dass Euer Ziel erreicht wäre, wenn sich die Könige der drei Welten in einer Welt begegnen würden.

PRINZ

In *einer* Welt? Hat er das gesagt?

TOCHTER

Ja. »Wenn die Grenzen fallen ...« Das war es, wovor der alte Mann sich gefürchtet hat.

PRINZ

Es ergibt keinen Sinn.

TOCHTER

Nein. Es ergibt keinen Sinn.

PRINZ

Ich verstehe das alles nicht. Warum sollte er sich davor fürchten, dass ich das Ziel meiner Reise erreiche?

TOCHTER

Müsst Ihr es verstehen?

(Prinz ist irritiert.)

Ich meine: Kann nur dann etwas richtig sein, wenn Ihr es versteht? Vielleicht hat sich der alte Mann einfach nur davor gefürchtet, dass sich die Königin, der König und der Tod in einer Welt begegnen würden: An einem Ort! Stellt Euch vor, wie es wäre, wenn sie sich begegnen: Drei mächtige Herrscher, die Gegner sind seit ewigen Zeiten.

PRINZ

Es gäbe einen erbitterten Kampf.

TOCHTER
Ja. Vielleicht. Aber was wäre, wenn sie sie *nicht* bekämpfen würden?

>   (Prinz versteht nicht. Tochter erkennt, dass sie
>   in der Lage ist, den Prinz zu manipulieren.)

Wenn sie stattdessen ihren Frieden miteinander machen und sich versöhnen würden?

PRINZ
Welchen Grund sollte der alte Mann haben, sich vor einem solchen Frieden zu fürchten? Müsste er sich nicht darüber freuen?

TOCHTER
Vielleicht hatte er sich einfach nur an den Kampf zwischen den drei Welten gewöhnt. So wie Menschen sich an den Krieg gewöhnen. (Warm. Nah) So, wie Ihr Euch an Euren Kampf gegen den Tod gewöhnt habt. Bis sie irgendwann keine Vorstellung mehr vom Frieden haben. Bis der Krieg das einzig Beständige in ihrem Leben geworden ist!
Vielleicht hatte der alte Mann einfach nur Angst vor der Veränderung. Genau wie ihr.

>   (Prinz denkt lange nach.)

PRINZ
Eine Versöhnung der drei Welten als Ziel meiner Reise? Welchen Sinn sollte das ergeben? Und was hätte der Tod davon?

TOCHTER
Habt Ihr nie die Gewalt um Euch herum bemerkt?

PRINZ
Die Gewalt? Ja. Ich bin der Gewalt begegnet. Immer wieder bin ich auf meiner Reise Menschen begegnet, die nur noch das eine Ziel hatten: Andere Menschen zu verletzen. Sie zu vernichten. Sie zu töten!

TOCHTER
Und seid Ihr dem Hass begegnet?

PRINZ
Ja. Ich bin dem Hass begegnet.

TOCHTER
Menschen im Krieg? Die sich auf die abscheulichste Weise gegenseitig Leid antun? Ohne dabei etwas zu fühlen?

PRINZ
Menschen im Krieg?

TOCHTER
Ein endloser Kampf ums Überleben.

PRINZ
Ja. Ein … (Als hätte er etwas begriffen) … endloser Kampf.

>   (Sieht sich lange um.)

Ein endloser Kampf.

>   (Prinz wirkt zunehmend befreit.)

38

Immer wieder bin ich dem Tod begegnet, auf meiner Reise, und habe gesehen, wie er die Menschen zerstört. Wenn sich der König, die Königin und der Tod … wenn sie sich versöhnen würden … Wäre das nicht das Ende der Welt … so wie ich sie kenne? Also auch das Ende … *meiner eigenen* Welt?

(Steht auf. Sieht zu Tochter.)

Es wäre der Beginn einer neuen Zeit, und damit das Ende der alten Zeit. Versteht Ihr? Es wäre der Beginn einer neuen Ordnung. In der der Mensch Teil wird einer einzigen Gesellschaft! Das Ende meiner Welt.

(Tochter erkennt immer mehr, dass sie zu weit gegangen ist.)

TOCHTER
(Irritiert) Einer einzigen Gesellschaft? Wie meint Ihr das?

(Keine Antwort.)

Und wenn der König sich nicht versöhnen will?
PRINZ
Dann werde ich ihn dazu zwingen.
TOCHTER
Ihr wollt den König zwingen?

(Tochter erkennt, dass Prinz sich verändert hat. Betrachtet Prinz nachdenklich.)

Ihr könnt Euch wirklich nicht mehr an mich erinnern?
PRINZ
(In Gedanken) Nein.
TOCHTER
Wir sind uns begegnet. Vor langer Zeit. An der Tafel des Königs.
PRINZ
Sie müssen sich begegnen. Ich muss …
TOCHTER
Es ist nicht wichtig. Warum sollte es …
PRINZ
… Ich muss das Ziel meiner Reise erreichen! Um mein Land zu befreien.
TOCHTER
(Fremd) Ja. Ihr müsst das Ziel Eurer Reise erreichen. Ihr seid ein Prinz!
PRINZ
Ja. Ich bin ein Prinz.
TOCHTER
(Enttäuscht. Bitter) Ihr werdet sie zusammenbringen, an der Tafel des Königs.
PRINZ
An der Tafel des Königs?

(Keine Antwort.)

Die Königin würde niemals seine Welt betreten. Die beiden sind Gegner, solange es sie gibt.

TOCHTER
(Kalt) Sie wird *Euch* vertrauen.

PRINZ
Mir?

(Prinz begreift langsam.)

(Zu sich) Ja. Sie wird mir vertrauen. Sie würde mir folgen, wenn ich sie
darum bitte. Sie kann nicht anders. Und irgendwann müsste auch der Tod an
die Tafel des Königs kommen. Wenn mein zweites Leben … wenn er kommt, um
es mir zu nehmen! Dann hätte ich das Ziel meiner Reise erreicht.

(Pause. Stille.)

TOCHTER
Was habt Ihr jetzt vor?

PRINZ
Der Königin entgegengehen. Ich darf keine Zeit verlieren. Ich muss das
Ziel meiner Reise erreichen. Es hängt zu viel davon ab.

(Prinz zögert einen Moment. Geht ab. Tochter
spürt, dass sie zu weit gegangen ist. Sieht Prinz
nach.)

TOCHTER
(Zu sich) Und wenn es um mehr geht als um ein einziges Land? Um viel mehr?
Wenn der alte Mann allen Grund hatte, sich zu fürchten? Wenn ich …

(Pause.)

Wenn ich zu weit gegangen bin? Wenn es ein Fehler ist?

(Tochter sieht in Richtung Seitentüren. Von draußen ist leiser Marschlärm zu hören. Licht auf
Tochter erlischt. Laute Rufe. Unruhe. Dann wird
es wieder still. Beängstigend still.)

AKT III

[ZUSCHAUERRAUM = WELT DER REALITÄT]

(Prinz erscheint alleine auf der Bühne. Dreht sich um. Königin folgt ihm von der Seite. Tritt neben Prinz. Zögert.)

AKT III SZENE 1

KÖNIGIN
Ihr seid sicher, dass wir auf dem richtigen Weg sind?
PRINZ
Ja. Ich bin sicher.

> (Königin zögert erneut. Geht langsam vor bis zum Bühnenrand. Narr erscheint mit Tochter von der Seite. Frau ist nicht bei ihnen. Königin hat sich überwunden und betritt zögernd über die Treppe den Zuschauerraum. Die anderen folgen ihr langsam. Königin bleibt stehen und sieht sich still im Zuschauerraum um.)

Was habt Ihr?
KÖNIGIN
Hier in dieser Welt … Alles ist so fremd. Alles sieht so anders aus.
PRINZ
Dann wollt Ihr wieder umkehren?

> (Königin hat Prinz nicht zugehört. Geht langsam auf Tafel zu. König und Königin sehen sich lange schweigend an. König lächelt. Sieht kurz zu Tochter. Wieder zur Königin.)

KÖNIGIN
Ihr seid …
KÖNIG
Ja. Ich bin der König.
KÖNIGIN
Und Eure Gäste?
KÖNIG
Meine Gäste?
KÖNIGIN
Ja. Wo sind Eure Gäste?

(Keine Antwort.)

(Zu Prinz. Irritiert) Es ist niemand hier?

KÖNIG

Nein. Ihr seid mein einziger Gast.

(Königin versteht nicht.)

Weshalb …

KÖNIGIN

Ja?

KÖNIG

Weshalb seid Ihr an meine Tafel gekommen?

KÖNIGIN

(Irritiert) Ich bin die Königin! Wann immer ein Mensch mich um Hilfe bittet, folge ich ihm.

KÖNIG

(Überrascht) Egal wohin?

KÖNIGIN

Ja. Egal wohin.

(Königin sieht sich erneut um und nimmt Verwalter erst jetzt richtig wahr.)

Und wer seid Ihr?

VERWALTER

Ich bin der Verwalter des Königs.

KÖNIGIN

Der Verwalter?

VERWALTER

Ja.

KÖNIGIN

(Zu König) Wofür braucht Ihr einen Verwalter?

KÖNIG

Es gibt niemanden, der Euch vertreten könnte?

KÖNIGIN

Nein. Wie kommt Ihr darauf? Wer sollte mich vertreten können? Ich bin die Königin. Ich bin der Mittelpunkt meiner Welt. Ohne mich …

KÖNIG

Ohne Euch …?

KÖNIGIN

Ohne mich wäre meine Welt nur ein Ort wie jeder andere.

KÖNIG

(Kalt) Ein Ort wie jeder andere.

KÖNIGIN

Ja. Eine Welt, die immer mehr an Bedeutung verlieren würde, wenn ich ihr zu lange fernbleibe.

KÖNIG

(Hart) Zu lange.

KÖNIGIN

Nach einiger Zeit würden die Menschen ihr Vertrauen in mich verlieren und meine Welt …

KÖNIG
(Siegessicher) … verlassen.

(Königin irritiert. Sieht sich um. Spürt zum
ersten Mal eine leichte Bedrohung.)

(Freundlich) Wollt Ihr Euch nicht zu mir setzen?

(Unruhe außerhalb des Zuschauerraums.)

(Kalt lächelnd) Es gibt nichts, das ich mir mehr wünschen würde, als in
Frieden mit Euch zu leben. Von jetzt an … bis ans Ende der Zeit.
KÖNIGIN
In Frieden?
KÖNIG
Und was wäre besser geeignet, dieses Ziel zu erreichen, als dass wir uns
besser kennenlernen? Als dass wir versuchen, die Grenzen zwischen unseren
Welten aufzuheben?
PRINZ
Die Grenzen?
KÖNIG
Ja. Die Grenzen.
PRINZ
Dann wollt Ihr mir helfen?
KÖNIG
In meiner Welt … in der Welt der Realität … herrscht ein Kampf jeder ge-
gen jeden. Und ich werde alles tun, dass dieser Kampf ein Ende nimmt. Ich
bin der König. Ich werde den Menschen ihre Würde zurückgeben. Ihre Ehre.
Und Ihre Freiheit!
TOCHTER
Ihre Ehre?
KÖNIG
Ja. Ihre Ehre! Und ihre Freiheit. Es wird von diesem Moment an nur noch
ein Recht geben. *Eine* Wahrheit! Es kann nicht sein, dass der, der sich
verteidigt, sich dafür rechtfertigen muss!
KÖNIGIN
Aber es greift Euch niemand an.
KÖNIG
Nein. Es greift mich niemand an. Jetzt nicht mehr.

(Königin beginnt zu begreifen.)

(Lächelt) Vielleicht haltet Ihr das, was ich tue, nicht immer für mora-
lisch. Aber Moral ist nie etwas anderes, als eine Frage der Zeit. Nur eine Frage der Zeit, die sie beschreibt.
Ich bin der König! Und jeder, der für mich marschiert, wird in der Zukunft
sagen können, für die Freiheit gekämpft zu haben.
KÖNIGIN
Aber … *ich* bin die Freiheit!

KÖNIG

(Leise. Bedrohlich) *Ihr* seid der wahre Brandstifter. Nur begreifen die Menschen nicht, wie gefährlich Ihr seid.

(Von draußen ist leiser Marschlärm zu hören. Königin sieht sich um.)

KÖNIGIN

Wo ist Eure Gesellschaft? Wo sind all die Menschen, die ich aus meiner Welt kenne?

KÖNIG

Die Menschen, die Ihr aus Eurer Welt kennt? Nur die wenigsten ziehen einen Nutzen aus Ihrem Besuch bei Euch.

KÖNIGIN

Ich verstehe Euch nicht. Was habt Ihr vor?

KÖNIG

Ich führe einen Abwehrkampf! Ich kämpfe gegen den Verfall der Werte in meiner Welt. Einen Verfall, für den Ihr verantwortlich seid!

(Marschlärm wird lauter. König steht langsam auf. Wird immer bedrohlicher.)

Wir werden eine Revolution beginnen! Wir werden hart sein und gewalttätig! Aber alles wird auch wieder einfach sein. Verständlich. Durchschaubar! Es ist an der Zeit, dass meine Welt wieder zu ihren alten Stärke zurückfindet!

(Marschlärm vermischt sich mit lauten Rufen. Durch die geöffneten Seitentüren ist das Licht von Fackeln zu sehen.)

KÖNIGIN

(Pathetisch) Ihr sagt, Ihr wollt eine Revolution beginnen. Aber indem ein Mensch nur das, was besteht, zerstört, entfacht er keine Revolution.

KÖNIG

Dann seht Euch um!

KÖNIGIN

Aus einem Gewaltfrieden kommt kein Segen. Ihr könnt den Menschen die Freiheit nehmen … (Kaum noch zu verstehen) und indem Ihr ihnen die Freiheit nehmt … aber nicht ihre Ehre.

KÖNIG

(Verächtlich) Wer würde sich für die Ehre interessieren, der *Eure* Freiheit besitzt?

(Königin hat noch immer nicht ganz begriffen, was gerade geschieht.)

KÖNIGIN

Vielleicht kann ich verstehen, dass Ihr Eure Welt beschützen wollt. Und ich würde Euch dabei helfen, wenn es Euch wirklich darum ginge, den Menschen die Freiheit zu schenken! Aber eine Revolution, die die Menschen nur benutzt …

KÖNIG

Ihr habt die Zeichen der Zeit noch immer nicht erkannt!

(Marschlärm kommt bedrohlich näher.)

KÖNIGIN

Was die Menschen zusammenfügt, sind die Dinge, die ihr nicht fassen könnt.
Die Ihr nicht greifen könnt. Nur fühlen. Was die Menschen zusammenfügt,
sind ihre Ideale!

KÖNIG

(Endgültig) Ich bin der König. Ich werde das Ideal sein! (Im Takt der
Schritte) Und jeder, der sich gegen den König stellt, wird sein Gegner
sein! Ist von nun an sein Feind, den es mit allen Mitteln zu zerstören
gilt! Jeder hat die Macht des Königs anzuerkennen! Jeder! Ohne Ausnahme!

(Bewaffnete Wachen erscheinen durch die geöffneten Seitentüren und umstellen den Zuschauerraum. Marschlärm verstummt für einen kurzen
Moment.)

Ich werde das Ideal sein und meine Welt endlich wieder eine Einheit! Jeder hat sich der Gesamtheit unterzuordnen! Jeder. Ohne Ausnahme! Ihr er-
lebt den Beginn einer neuen Zeit.

PRINZ

Den Beginn …?

(Erneut Marschlärm von außerhalb des Zuschauerraums. Beängstigend.)

KÖNIG

(Zum Publikum. Laut. Eindringlich) Dies ist der Beginn einer neuen Zeit,
in der sich nur die Besten sammeln! Um in Zukunft meiner Welt anzugehö-
ren, muss jeder bereit sein, Opfer zu bringen! Jeder wird Teil sein *einer* Bewegung! Aber schon bald werden die Menschen erkennen, dass nur der
wirklich frei ist, der den einen Willen hat! Der mit *mir* marschiert! Ich
muss den Zerfall meiner Welt aufhalten!

(Marschlärm verliert zunehmend die Ordnung.)

(Kaum noch zu verstehen. Bruchstückhaft. Laut) … und werde nie verstehen …
welcher Geist uns beseelt … in der der Durchschnitt und … sich in Zukunft
durchsetzen werden … der mit mir marschiert … bin der König.

(Marschlärm bricht endgültig ab.)

(Zu laut. In die Stille hinein) Ich bin der König!

(Der Zuschauerraum von Wachen umstellt. Von draußen das Licht der Fackeln. Beklemmende Stille.)

45

AKT III SZENE 2

KÖNIGIN
(Leise) Was … Was hat das zu bedeuten?

NARR
(Sehr langsam. Sanft) In der Welt der Fantasie … In *Eurer* Welt einen Kuss träumen, werden die Lippen nicht feucht. In dieser Welt ohne Kampf den Traum von Freiheit zu erwarten heißt, in Gefangenschaft zu geraten.

KÖNIGIN
(Wie betäubt) In Gefangenschaft?

KÖNIG
Habt Ihr wirklich angenommen, ich würde Euch Eure Freiheit lassen?

(Königin geht einige Schritte in Richtung Wachen.)

(Ruhig) Es ist mir nie gelungen, die Menschen von Eurer Welt fernzuhalten. Nie für lange Zeit. Jetzt endlich kann ich Euch von den Menschen fernhalten! Und weil Ihr der Mittelpunkt Eurer Welt seid, werden die Menschen keinen Grund mehr haben, meine Welt zu verlassen.

KÖNIGIN
Nicht mehr frei? Sagt Ihnen, Sie sollen mich ...

KÖNIG
Es hat keinen Sinn. Sie verstehen Euch nicht mehr!

(Königin will weitergehen.)

Nein. Setzt Euch!

(König setzt sich. Königin zögert.)

Setzt Euch. Es wird Euch nichts geschehen. An meiner Tafel seid Ihr in Sicherheit.

NARR
(Ernst. Leicht ironisch) In Sicherheit? Vor wem?

(Königin geht langsam zur Tafel zurück und setzt sich zögernd. Prinz steht noch vor der Tafel.)

KÖNIG
Wollt Ihr Euch nicht auch zu mir setzen?

(Keine Antwort.)

Ihr seid dagegen, dass ich die Königin in meine Gewalt gebracht habe?

(Prinz zögert.)

NARR
Ihr seid dagegen?!

46

PRINZ

Es ist der falsche Weg.

KÖNIG

Der falsche Weg? Nein. Ganz sicher nicht. Oder habt Ihr auf Eurer Reise durch die Welt der Fantasie nur die Dinge gesehen, die Ihr habt sehen wollen?

PRINZ

Nein.

KÖNIG

Die Dinge, die die Königin Euch hat sehen lassen?

PRINZ

Nein. Das habe ich nicht.

KÖNIG

Die Vorstellung von Wahrheit? Von Gerechtigkeit? Bilder von Menschen, die in Frieden miteinander leben. Die Idee von Weisheit? Von Tapferkeit? All die Dinge?!

Wenn Ihr aber ein Prinz seid, müsst Ihr auch die andere Seite gesehen haben: Den Hass! Die Freude an der Zerstörung. Die Gewalt! Grenzenlos. Brutal. Ohne jede Gnade!

PRINZ

Ja. Ich habe die Gewalt gesehen. Aber …

KÖNIG

Und doch ist das alles nicht wirklich. Nur ein Traum. Nur eine Vorstellung von dem, was irgendwann einmal werden könnte.

Dann aber kommen die Menschen zurück in meine Welt und versuchen wirklich werden zu lassen, was sie in der Welt der Fantasie gesehen haben! Sie gehen daran, die Dinge zu ändern oder - wie sie meinen - zu verbessern. Und manchmal … manchmal gelingt es Ihnen sogar.

Was bleibt … Was immer bleibt, ist die Erinnerung an Gewalt und Zerstörung! Das Verlangen nach Macht. Immer mehr Macht! Der Wunsch nach Hass und Vergeltung. Nach brennenden Häusern. Einem Meer aus Blut! Nach der Durchsetzung der eigenen Vorstellungen. All das …

> (Nimmt langsam ein Glas von der Tafel.)

Sagt mir, wie leicht ist es, dieses Glas mit Wein zu verschütten …

> (Stellt das Glas so heftig auf den Tisch, dass sich der Wein auf dem Tisch verteilt.)

… und wie schwierig, den Wein anschließend in das Glas zurückzufüllen?

> (König und Prinz sehen sich prüfend an.)

Muss ich als König nicht das Glas festhalten, damit es nicht umgeworfen wird? *Bevor* es umgeworfen wird?! Ist das nicht meine Pflicht als König?!

PRINZ

Und es gibt keinen anderen Weg?

KÖNIG

Einen anderen Weg?

PRINZ

Ihr könntet versuchen …

KÖNIG

Nein. Es gibt keinen anderen Weg. Irgendwann werdet Ihr Euch entscheiden müssen. Ihr werdet Euch entscheiden müssen, ob Ihr *für* mich seid … oder *gegen* mich.

(Prinz sieht sich lange schweigend im von Wachen umgebenen Zuschauerraum um.)

NARR

(Leise. Sanft) Begegne ich der Königin in ihrer eigenen Welt, so kann sie mir erklären, wer ich bin. Begegne ich ihr an der Tafel des Königs, in Gefangenschaft, kann sie mir nur beschreiben, was ich zu sein vorgebe. Denn Sie erkennt nicht mehr. Sie beschreibt nur noch.

PRINZ

Wie meinst du das?

NARR

Ein Freund wird nicht länger ein Freund sein, sondern nur noch jemand, der euch von Nutzen sein kann. Etwas, das für euch eine Aufgabe erfüllt!

(Sieht langsam zu Tochter.)

Ein Fest ist kein Fest mehr, sondern nur noch ein Vergnügen, das an anderen gemessen wird. Nicht der einzelne Mensch wird noch länger von Bedeutung sein, sondern nur noch sein Wert im Vergleich zu anderen. Sein Nutzen!

(Sieht langsam zu König.)

Weil der Mensch, den Ihr zu schützen vorgebt, aber die Nähe zur Königin vermisst, wird er nach ihr suchen. Und weil er nicht nahe genug an Eure Tafel gelangt, sieht er sie nur von Weitem: Den König und die Königin. Gemeinsam an einem Ort. An einer Tafel! Und er wird nicht mehr wissen, in welcher Welt er selber sich befindet. Er wird auch nicht erkennen, dass die Königin gefangen ist! Oder von wem sie gefangen wurde …

TOCHTER

Und die Wachen? Muss er die nicht …

NARR

Vielleicht wird er die Wachen erkennen. Aber er wird ihre Bedeutung nicht verstehen. Vielleicht, weil er selber zu einem Teil der Wachen geworden ist!

(Betrachtet König.)

Nehmt an, es wäre wahr, dass Ihr auf der Suche nach Sicherheit für Eure Welt seid. Nach der einzigen, endgültigen Sicherheit!
Jetzt aber habt Ihr die Königin gefangen und die Menschen werden immer mehr ihr Bild von sich verlieren. Mit jedem Tag einen Teil ihres Gesichts! Und sie werden die Verantwortung für ihr Handeln verlieren, denn sie können diese Welt nicht länger von der Welt der Fantasie unterscheiden.

TOCHTER

Warum …

> (Narr sieht zu Tochter. Beide sind sich sehr
> nah. Stille.)

NARR

(Sanft) Irgendwann wird ein Mensch auf dich zugehen, mit einer Waffe in
seiner Hand. Und er wird seine Waffe auf dich richten, um dir dein Leben
zu nehmen. Ohne dich auch nur anzusehen. Er wird dir auf irgendeine, vollkommen beliebige Art dein Leben nehmen. Ohne zu wissen, wer du bist! Ohne sich dafür zu interessieren. Und wird sich nur wundern, dass du nicht
nach einiger Zeit unversehrt wieder aufstehst. So, als wäre nichts geschehen. So, als wäre das alles nur ein Traum.

TOCHTER

Es ist zu spät. Der König hat sein Ziel erreicht.

NARR

Ja. Aber er hat nur *ein* Ziel erreicht: Er hat die Königin gefangen und
damit den Menschen den Weg in eine Welt versperrt, in der sie eigene Antworten auf ihre Fragen suchen konnten.

> (Sieht langsam zu König.)

Jetzt aber werden sie zu *Euch* kommen: Zum König! Um von Euch die Antworten zu erhalten, nach denen sie suchen!
Wollt Ihr die Menschen aber davon abhalten, Euch die wirklich wichtigen
Fragen zu stellen, gibt es nur einen Weg: Ihr müsst sie ablenken! Und Ihr
müsst sie in Bewegung halten. Immer in Bewegung! Weiter … und weiter.

> (Pause.)

(Leise. Ernst) Und vergesst dabei, dass auch Ihr nur ein Mensch seid.

KÖNIG

(Überlegen) Ich bin der König!

NARR

Der König dieser Welt, also ein Mensch. Und werdet in Zukunft genauso rastlos und getrieben sein.
Jetzt, da Ihr beinahe unendliche Macht besitzt, was bleibt Euch anderes,
als noch mehr davon zu sammeln? Die Königin gefangen, bleibt nur noch die
Macht über den …

TOCHTER

(Erschrickt) Nein!

NARR

(Zu Prinz) Die Herrscher der drei Welten. Versammelt an einem einzigen
Ort. Inmitten der Realität.

PRINZ

An *einem* Ort?

NARR

Ja. An einem Ort.

PRINZ

Hat der alte Mann nicht genau davon gesprochen?

NARR

Der alte Mann sprach vom Ende der Welt. Und er hat die Wahrheit gesagt.

PRINZ

Die Wahrheit? Dann kann ich das Ziel meiner Reise noch immer erreichen? Sobald der Tod erscheint, um mir auch mein zweites Leben zu nehmen?

(Keine Antwort.)

Dann werden sie sich begegnen. Dann *müssen* sie sich begegnen. Hier, an dieser Tafel. An *einem* Ort!

NARR

Ja. An dieser Tafel. Es wäre das Ende der Welt, so wie der alte Mann sie gesehen hat. Ein Ende, vor dem er sich gefürchtet hat.

PRINZ

Dann …

NARR

… Und es war der Grund, warum die Frau, die Euch liebt, zurückgeblieben ist in der Welt der Fantasie. Weil sie erkannt hat …

PRINZ

Die Wahrheit?

NARR

(Hart) Ja. Die Wahrheit.

KÖNIG

Dann verstehe ich nicht, was Du dagegen hast. Der Prinz würde auf diesem Weg das Ziel seiner Reise erreichen. Außerdem: Gleichgültig, ob er dafür ist oder dagegen: Es ist nicht mehr *seine* Entscheidung. Er ist wie Ihr gefangen an meiner Tafel.

NARR

Vielleicht muss er sich gerade deshalb entscheiden. Damit er sich erinnert! Damit er nicht vergisst, wie es ist, Entscheidungen zu treffen, wenn er irgendwann wieder die Gelegenheit erhält, selbst an den Dingen etwas zu ändern.

PRINZ

(Zu sich) Das Ziel meiner Reise. Habe ich es tatsächlich erreicht?

NARR

Mit einem König, der alle Macht in seinen Händen …

PRINZ

Es geht um mein Land. Verstehst du?!

(Sieht langsam zu den Wachen.)

Welche Bedeutung hätte es, wenn ich jetzt dagegen wäre? Ich kann nichts daran ändern, wie es ist. Nicht in diesem Moment!

TOCHTER

Und die Königin?

PRINZ

Die Königin?

TOCHTER

Was ist mit der Königin? Sie ist Euch in diese Welt gefolgt, weil sie Euch vertraut hat.

PRINZ

Muss ich nicht das tun, was das Beste für die Menschen ist, die auf mich vertrauen? Bin ich nicht zuerst ihnen gegenüber verantwortlich?!

NARR

(Sanft) Und ist es das Beste? Seid Ihr wirklich sicher?

> (Prinz ist irritiert. Begreift, dass er sich selbst betrogen hat. Kommt sehr langsam wieder zu sich.)

(Ernst. Nachdenklich) Es geht um mehr - um viel mehr - als nur um ein einziges Land. Und es geht um mehr als nur um das Ende Eurer Welt. Der alte Mann sprach vom Ende jeder Bedeutung. Vom Ende jeden Seins. Davon, dass der Mensch aufhören würde, ein Mensch zu sein.

PRINZ

Nein.

NARR

Es wäre das Ende der Welt - so, wie der alte Mann es gesehen hat!

PRINZ

(Zu sich. Unsicher) Aber es ist nicht mein Ziel.?

> (Prinz sieht fragend zu Narr.)

NARR

Nein. Es ist nicht das Ziel Eurer Reise.
Es wäre ein Leben ohne die Welt der Fantasie. Jeder Tag nur eine grausame Wiederholung des vorherigen Tages. Es wäre ein Leben ohne jeden Sinn. Rastlos. Haltlos.

> (Prinz betrachtet lange die Wachen. Sucht Blickkontakt zu einzelnen Zuschauern. Dreht sich langsam um und geht ohne ein Wort in Richtung Bühne. Narr spricht immer angestrengter.)

Immer auf der Suche nach einem neuen Reiz! Kein Leben mehr, sondern nur noch die bloße Existenz. Der alte Mann nannte es das Ende der Welt, denn es wäre das Ende jeder Freiheit.

> (Prinz sieht sich um.)

Wenn der Tod zur Erlösung wird! Wenn es nicht einmal mehr diese Erlösung gibt. Dann wäre es das *Ende jedes Seins* … aber nicht das Ziel Eurer Reise.

> (Prinz geht über die Bühne ab. Langsam erlischt das Licht. Nur noch Narr und Tochter im schwachen Licht.)

AKT III SZENE 3

TOCHTER

Wenn es nicht sein Ziel ist, warum geht er dann in die Welt der Fantasie?
Es ist niemand mehr dort.

NARR

Weil …

TOCHTER

Es macht keinen Sinn.

NARR

(Widerspricht leise) Es macht Sinn.

(Sieht langsam zu Tochter.)

Irgendwann wäre der Tod an die Tafel des Königs gekommen, um dem Prinz
auch sein zweites Leben zu nehmen. Dann hätte der König Gelegenheit gehabt … durch den *Prinz* die Gelegenheit gehabt …
Der König hat erreicht, was er erreichen wollte: Die Menschen werden die
Welt der Fantasie verlassen und in seine Welt zurückkehren. In eine Welt
ohne Träume. Ohne die Suche nach eigenen Antworten. Eine Welt ohne Farben.

TOCHTER

Ohne Farben?

NARR

Ja. Eine Welt, die nur noch aus Grau bestehen wird. Nicht mehr lange und
du wirst auf einer Wiese liegen. Irgendwann im Sommer. Du wirst deine Hand
im Gras spüren. Den Himmel über dir. Vielleicht wirst du das Grün der Wiese noch immer vom Blau des Himmels unterscheiden können, aber es wird ohne eine Bedeutung für dich sein: Nur ein Grau im Tausch gegen ein anderes;
eine Welt, in der niemand mehr sieht, sondern nur noch wahrnimmt.

TOCHTER

Eine Welt ohne Farben?

NARR

Ja.

(Narr und Tochter sehen sich lange an.)

(Vorsichtig) Wenn dir diese Welt gefällt?

TOCHTER

Du weißt, dass sie mir nicht gefällt. Ich …

NARR

Ja?

TOCHTER

Ich liebe Farben.

NARR

(Sanft) Es wird auch keine Liebe mehr geben. Und keine Nähe.

KÖNIG

(Aus der Dunkelheit) Ich werde mich durch Euch nicht von meinem Ziel abbringen lassen. Irgendwann wird der Tod wieder an diese Tafel zurückkehren und ich …

52

(Keine Antwort.)

Warum widersprecht Ihr mir nicht? Ist es nicht das, was einen Narr aus-
macht? Zu widersprechen?

(Keine Antwort.)

Warum sagt Ihr nichts?!

(Keine Antwort. Lange Pause. Stille.)

TOCHTER
Warum antwortest du ihm nicht?
NARR
(Lächelt) Weil er mein Schweigen nicht ertragen kann.
TOCHTER
Dein Schweigen? Er könnte dich zwingen. Er ist der König!
NARR
Ja. Er ist der König. Und er besitzt die Macht. Er kann alles besitzen.
Nur nicht meinen Respekt.
TOCHTER
Es wird ihn nicht besonders interessieren.
NARR
Nein. Es wird ihn nicht besonders interessieren. Noch nicht. Aber viel-
leicht, wenn er alles gewonnen hat. Alles, das durch Macht zu gewinnen
ist. Vielleicht erhält mein Respekt dann einen Wert für den König. *Mein*
Respekt - oder der eines anderen Menschen. Wenn er zum ersten Mal die Lee-
re spürt, die ihn umgibt.
TOCHTER
Und ich? Warum sprichst du mit mir? Ohne mich wäre die Königin noch immer
frei! Ich war es, die den Prinzen dazu gebracht hat, sie an diese Tafel
zu führen.
NARR
Vielleicht hattest du einen Grund.
TOCHTER
Nein.
NARR
Und …
TOCHTER
(Hart) Nein!
NARR
(Nah) Weil du so sein wolltest wie dein Vater?
TOCHTER
Mein Vater?
NARR
Weil du …

(Spürt, dass er den Satz nicht beenden darf.
Pause. Stille.)

TOCHTER

(Leise) Wenn du weißt, wer mein Vater ist, warum hörst du mir dann zu? Warum hörst du *mir* zu und schweigst gegenüber dem König? Hättest du ihm nicht widersprechen müssen?

NARR

Nein. Ich werde warten.

TOCHTER

Warten? Worauf?!

NARR

Ich werde warten, dass der König auch noch den Tod in seine Gewalt bringt. Dann werden immer mehr Menschen sich an die Tafel des Königs drängen. Wenn sie die Welt … (Zögert kurz) Wenn sie die Welt deines Vaters nicht mehr erreichen können.

(Tochter versteht nicht.)

Der Platz wird eng werden, an der Tafel des Königs. Und *er* wird es sein, von dem die Menschen all ihre Fragen beantwortet haben wollen! *Er* wird es sein, den sie bitten müssen, dass er ihnen etwas zu essen gibt - oder einen Platz zum Schlafen!

Wenn es dem König tatsächlich gelingen würde, den Tod in seine Gewalt zu bringen, werden wir zusammenrücken müssen, denn niemand wird diese Welt noch länger verlassen können. Nicht ein einziger Mensch.

(Lächelt) Ich bin ein Narr. Ich werde warten.

TOCHTER

Und der Prinz? Warum bist du ihm nicht gefolgt?

NARR

Weil der Prinz auch sein zweites Leben verlieren wird, in der Welt der Fantasie. Und es gibt nichts, was ich daran ändern könnte.

TOCHTER

Müsstest du nicht gerade deshalb jetzt an seiner Seite sein? Ich weiß, wie viel er dir bedeutet.

NARR

Ja. Das tut er. Aber …

(Sieht in Richtung Bühne.)

Vielleicht, hoffe ich, dass er eines Tages zurückkehrt. Und vielleicht kommt er nicht allein.

TOCHTER

Nicht allein?

NARR

Vielleicht kommt er gemeinsam mit der Frau, die ihn liebt. Die ihn trotz allem noch immer liebt.

TOCHTER

Nein. Sie wird ihm nie verzeihen, dass er mir gefolgt ist.

(Narr sieht wieder zu Tochter. Die weicht seinem Blick aus.)

NARR

Eine Frau, die stark genug ist, in einer Welt zu überleben, die jede Bedeutung verloren hat - weil sie als Einzige niemals den Glauben daran aufgeben würde, dass die Königin irgendwann ihre Freiheit zurückerhält. Die auf den Prinzen wartet, auch wenn er sie …

(Wartet, bis Tochter wieder zu ihm sieht.)

Eine Frau, die wie brüchiges Eis ist und trotzdem jede Last tragen kann. Die stärker ist, als jeder Prinz es jemals sein könnte.

TOCHTER

Sie wird niemals auf ihn warten.

(Keine Antwort.)

Ich weiß, wie der Prinz sie behandelt hat: Als würde sie überhaupt nicht existieren! Nur weil Sie ihn abhalten wollte, mit der Königin die Welt der Fantasie zu verlassen.

NARR

Und wenn sie ihm verzeiht? Weil sie ihn liebt?

(Tochter will widersprechen.)

(Leise. Sanft) Weil du Angst hast, dir könnte jemand verzeihen? Wenn sie erkennen würden …

TOCHTER

Nein.

(Narr sieht Tochter still an.)

Nein!

(Narr weicht ihrem Blick langsam aus.)

Warum sagst du nichts?

NARR

Weil niemand jemals das sagen wird, was du hören willst, und niemand wird jemals der sein, den du suchst. Weil du wie der Prinz auf einer langen Reise bist.

TOCHTER

Auf einer Reise?

(Narr sieht auf die Rosen, die auf der Tafel verstreut sind.)

NARR

Du bist wie eine dieser Rosen.

TOCHTER

Wie eine Rose?! Wir sind von Wachen umgeben!

NARR

(Lächelt) Mit einem Stiel grün wie die Hoffnung.

TOCHTER

Nein!

NARR

(Gegen den Widerstand Tochter) … und einer Blüte, rot wie die …

TOCHTER

Nein. Ich will nicht!

NARR

(Leise) Und mit Dornen, die man Erwartung nennt.

TOCHTER

(Schwach) Nein.

NARR

Greifst Du nach den Dornen … fällt die Rose.

(Tochter und Narr sehen sich lange an.)

TOCHTER

(Leise. Nah) Warum sprichst du so mit mir?

NARR

Weil ich … Weil …

(Bricht ab. Traut sich nicht, es auszusprechen.)

TOCHTER

Warum?

(Narr weicht Tochter aus.)

NARR

Es ist nicht wichtig. Ich bin nur ein Narr, an der Tafel des Königs. Mit der Königin in Gefangenschaft.

TOCHTER

Dann verachtest du mich?

NARR

Nein. Warum?

TOCHTER

Weil ich mit Schuld an ihrer Gefangenschaft trage.

(Pause.)

NARR

(Leise. Sanft) Nein. Ich verachte dich nicht. Ich …

(Sehr lange Pause. Stille.)

TOCHTER

(Vertraut) Glaubst du wirklich, dass die Frau auf den Prinz wartet? Und dass sie gemeinsam zurückkehren?

NARR
Eines Tages. Vielleicht wartet sie auf ihn.

> (Tochter sieht lange nachdenklich in Richtung Bühne.)

TOCHTER
Ich dachte immer, es gäbe nichts, was du wirklich ernst nimmst?
NARR
(Zu sich) Ich fürchte, dass würdest selbst du nicht verstehen …

> (Tochter begreift. Lächelt. Langsam erlischt das Licht auf Tochter und Narr.)

TOCHTER
Selbst ich …?

> (Beinahe endlose Pause. Nur auf die Wachen am Aufgang zur Bühne fällt noch ein schwaches Licht. Nach viel zu langer Zeit erscheinen Prinz und Frau langsam auf der Bühne. Beide gehen vorsichtig an den Wachen vorüber, ohne dass diese reagieren. Frau bleibt stehen und betrachtet die Wachen. Prinz geht weiter in Richtung Tafel.)

AKT III SZENE 4

FRAU
Als würden sie uns überhaupt nicht bemerken.

> (Prinz hält an, sieht sich langsam zu Frau um. Wirkt müde, in sich gekehrt. Frau betrachtet Prinz nachdenklich. Lächelt sanft.)

Wir hätten nicht länger bleiben können.
PRINZ
Nein. Wir hätten nicht länger bleiben können.

> (Prinz geht langsam weiter zur Tafel. Licht auf Tafel. Frau sieht Prinz sorgenvoll nach.)

FRAU
(Zu sich. Besorgt) Du kannst sie nicht alleine befreien.

> (Prinz hat die Tafel erreicht. König sieht ihn prüfend an.)

KÖNIG
Es ist lange her, seit wir uns das letzte Mal gesehen haben.

PRINZ
Ja. Es ist lange her. (Nachdenklich) Ein ganzes Leben lang.

(Pause.)

Ich bin zurückgekehrt, weil …

(Bricht ab.)

KÖNIG
Weil?

(Frau tritt langsam neben Prinz ins Licht.)

(Zu Frau. Neugierig) Wer seid Ihr? Ich habe Euch noch nie hier gesehen.
FRAU
Nein. Ihr habt mich noch nie gesehen.
KÖNIG
Dann kommt Ihr …?
FRAU
Ja.
KÖNIG
Dann haben die Menschen die Fantasie verlassen?

(Frau sieht zu Prinz. Wartet vergeblich, dass
er antwortet.)

FRAU
Verlassen? Ich weiß nicht … Ja. Aber es ist nicht mehr wichtig. Versteht
Ihr? Wir kommen aus einer Welt, die es nicht mehr gibt. Eine Welt, die je-
de Bedeutung verloren hat. All die Menschen, die früher dort ihre Zeit
verbracht haben, sind jetzt ein Teil *dieser* Welt. *Nur noch* … ein Teil
dieser Welt. (Leise. Hart) Teil einer einzigen Bewegung.
KÖNIG
Ihr seid sehr mutig.
FRAU
Nein. Ich bin nicht mutig. Aber wovor sollte ich mich noch fürchten? Seht
Euch um: Es gibt nicht mehr viel, das ich noch verlieren könnte. Ich kom-
me aus einer Welt, in der … Nein. Ihr seid der König. Es sind Eure Wachen.
Ihr müsstet es wissen.

(Frau betrachtet König ohne jede Furcht.)

Ihr seid jetzt derjenige, der für jede Frage eine Antwort kennen muss.
(Lächelt) Für *jede* Frage.
NARR
(Zu König. Leise) Es ist lange her, dass jemand so mit Euch gesprochen
hat, nicht wahr? Dass jemand Euch nicht um jeden Preis hat gefallen wol-
len, sondern ehrlich zu Euch wahr?

                                    (König sieht irritiert zu Narr. Prinz überwin-
                                    det sich endlich und spricht weiter.)

PRINZ
(Angestrengt) Nachdem Ihr die Königin gefangen habt … Ich bin in die Welt
der Fantasie gegangen. Es hat lange gedauert, bevor ich wieder einem anderen Menschen begegnet bin. Viel zu lange.

VERWALTER
Einem anderen Menschen?

                                    (Prinz sieht nachdenklich zu Frau. Hat Frage des
                                    Verwalters nicht mitbekommen.)

PRINZ
Irgendwann …

KÖNIG
Irgendwann?

PRINZ
… Irgendwann ist der Tod in die Welt der Königin gekommen, um mir auch
mein zweites Leben zu nehmen. Nur dieses Mal … hat er es mir mit Gewalt
genommen.

                                    (Frau hebt ein Glas auf, das dem Narr vor die
                                    Tafel gefallen ist. Entfernt sich dadurch eini-
                                    ge Schritte von Prinz.)

VERWALTER
Mit Gewalt?

PRINZ
Ja. Mit Gewalt! Aber was hätte ich anderes tun können, als diesen Ort zu
verlassen?
Ich konnte nicht länger bleiben. Nicht in dieser Welt! Irgendwann wäre der
Tod an die Tafel des Königs gekommen, um mir auch mein zweites Leben zu
nehmen. Dann wäre er durch meine Schuld in Eure Gewalt gelangt! Ich musste gehen. Es gab keinen anderen Weg.

                        (Zögert kurz.)

Nein. Die Wahrheit ist: Ich war auf der Flucht! Ich dachte, ich könnte irgendetwas verhindern, indem ich gehe. Ich war auf der Flucht, in die Welt
der Königin. Vor mir. Vor allem. Inmitten der Welt der Königin. Ich bin
umhergeirrt ohne ein Ziel und dabei langsam verhungert. Verdurstet. Er-
froren! (Zu sich. Leise) Ein gewaltsamer Tod.

KÖNIG
Gewaltsam?

FRAU
Ja. Gewaltsam. In der Welt der Fantasie gibt es kein Wasser, das Euren
Durst löschen könnte und es gibt kein Feuer, um euch zu wärmen. Keine Um-
armung, die Ihr spüren könntet.

An der Tafel vor Euch … Die Getränke, die Ihr seht. Die Speisen. All das gibt es auch in der Welt der Fantasie. Nur, dass sie Euch dort nicht satt machen können, denn nichts ist wirklich! Nichts ist greifbar.

Wer in die Welt der Königin flieht und zu lange dort bleibt … wer vergisst, in Eure Welt zurückzukehren, der wird elendig verhungern. Verdursten. Erfrieren.

KÖNIG

Wie konntet *Ihr* dann so lange dort überleben?

FRAU

Ich weiß es nicht. Vielleicht, weil ich nicht wie der Prinz auf der Flucht war. Weil ich dort war, um auf ihn zu warten.

> (Sieht zu Prinz. Erkennt, dass Prinz nicht mehr in der Lage ist, für sich selbst zu sprechen.)

KÖNIG

Aber warum seid ihr dann jetzt an meine Tafel zurückgekehrt?

FRAU

Könnt Ihr wirklich nicht verstehen, warum wir zurückkehren mussten?

KÖNIG

Nein.

FRAU

Ihr müsst es wissen, denn Ihr seid der König. Alles geschieht nach Eurem Willen. Alles geschieht mit Eurem Wissen.

> (König versteht nicht.)

Ich komme aus einer Welt, die jede Bedeutung verloren hat und kehre in eine Welt zurück, die umgeben ist von Wachen. In der niemand mehr eine eigene Meinung hat. Die mich abstößt, weil die Menschen mir nur noch das erzählen können, was ihnen von Euch vorgesagt wurde. Von Euch oder von Eurem Verwalter.

> (Sieht König ohne Angst in die Augen.)

(Leise) Und Ihr begreift nicht, dass Ihr Eure eigene Welt zerstört …

NARR

… indem Ihr die Königin gefangen haltet.

KÖNIG

Ich kann sie nicht freilassen.

FRAU

(Warm. Freundlich) Weil der Gewinn von Macht das einzige Ziel ist, das ein König haben kann?

Vermisst Ihr nicht manchmal Menschen, die lachen, weil sie glücklich sind, und nicht, weil Ihr der König seid und es verlangt? Menschen, die mit Euch reden und Euch zuhören. Nicht weil Ihr der König seid, sondern weil sie sich wirklich für Euch interessieren?

Ihr besitzt jetzt mehr Macht als jemals zuvor, aber seid Ihr auch glücklich in der Welt, die Ihr Euch geschaffen habt?

KÖNIG

Es …

FRAU

… Ja?

KÖNIG

Ich bin der König. Es ist nicht meine Aufgabe, glücklich zu sein.

FRAU

Nein. Es ist nicht Eure Aufgabe. Aber könntet Ihr nicht König sein *und* glücklich?

(Keine Antwort. König ist verunsichert.)

Vielleicht werdet Ihr versuchen, auch noch den Tod in Eure Gewalt zu bringen. Ganz sicher werdet Ihr es versuchen. Euer letztes, großes Ziel! Und wisst genau, dass Ihr damit niemals Erfolg haben werdet, denn je mehr Ihr es versucht, desto weniger wird es Euch gelingen.

KÖNIG

Ihr könnt mich nicht verstehen.

FRAU

Nein. Ich kann Euch nicht verstehen. Aber das muss ich auch nicht. Ich bin nur eine einfache Frau.

KÖNIG

Ich bin der König.

FRAU

(Sanft) Ja. Ihr seid der König.

(König und Frau sehen sich schweigend an.)

NARR

Stellt Euch vor …

(Frau sieht zu Narr.)

… der König würde der Königin ihre Freiheit wiedergeben …

PRINZ

(Leise. Zu sich) Nein.

NARR

… wenn *Ihr* an Stelle der Königin an seiner Tafel bleibt.

(Frau sieht fragend zu König. König stimmt nach einigem Zögern mit einem Nicken zu.)

Der König macht Euch ein Angebot.

FRAU

Ein Angebot?

PRINZ

(Hart) Er verlangt deine Freiheit gegen die Freiheit der Königin.

(Frau sieht fragend zu König.)

61

KÖNIG

Nein. Ich stelle keine Bedingungen.

VERWALTER

(Überrascht) Dann wollt Ihr sie freilassen?!

PRINZ

Er ist der König. Wenn er will, dass wir bleiben … Wenn er will, dass du bleibst …

KÖNIG

Nein!

PRINZ

Er würde jedes Mittel nutzen. Es wird ihm niemals um etwas anderes gehen als um seine Macht!

KÖNIG

Ihr seid meine Gäste.

PRINZ

Es gibt keinen Grund, dem König zu vertrauen. Keinen Grund, irgendeinen Menschen zu vertrauen!

(Pause.)

FRAU

Du könntest mir vertrauen.

(Frau und Prinz sehen sich lange an.)

KÖNIG

Ihr seid meine Gäste. Zu jeder Zeit frei, diese Tafel zu verlassen.

(Frau wendet sich langsam wieder König zu.)

FRAU

Frei auch, mit der Königin in ihre Welt zurückzukehren?

KÖNIG

Mit der Königin?

FRAU

Ja.

(Keine Antwort.)

FRAU

(Vollkommen in sich ruhend) Dann nehmt *meine* Freiheit … gegen die Freiheit der Königin. (Leise) Wenn es das ist, worum es Euch geht?

(König und Frau sehen sich lange still an. Frau weicht nicht aus. König hat ihrem Mut nichts entgegenzusetzen.)

KÖNIG

(Zu sich) Nein.

FRAU

(Sanft) Nein?

KÖNIG

Nein. Das ist nicht, worum es mir geht.

Ich gebe zu, Ihr habt keinen Grund, mir zu vertrauen, denn ich sage nicht immer die Wahrheit. Ich nutze Menschen aus. Und wenn es mir nötig erscheint, wende ich auch Gewalt an. Aber nicht jeder Mensch, der mir begegnet, ist mein Feind!

NARR

Nur ist die Achtung eines Menschen mit Gewalt nicht zu gewinnen?

KÖNIG

(Lächelt) Nein. Das ist sie nicht. Wie es scheint … Nein. Das ist sie nicht.

NARR

(Zu Frau) Und was würdet Ihr nun sagen, wenn der König Euch bitten würde, sein Gast zu bleiben … *nachdem* er der Königin ihre Freiheit wiedergegeben hat?

(Gespannte Stille.)

PRINZ

Das würde er nie tun.

KÖNIG

(Zu Frau) Würde es etwas ändern?

PRINZ

Er wird sie niemals freigeben.

(Alle warten auf Reaktion König.)

VERWALTER

Ihr wollt tatsächlich Eure Macht aus den Händen geben?

KÖNIG

(Nachdenklich) Vielleicht will ich auch nur meine Macht zurückgewinnen.

VERWALTER

Indem Ihr …

KÖNIG

… Ja?!

VERWALTER

Ich bin Euer Verwalter. So lange ich denken kann, habe ich immer das getan, was Ihr von mir verlangt habt.

KÖNIG

Und jetzt wollt Ihr mir widersprechen?

(Verwalter zögert.)

Ich bin Euer König!

VERWALTER

Ja. Ihr seid mein König. Aber selbst, wenn Ihr Euch auf mich verlassen könnt … Habt Ihr bei Eurer Entscheidung auch an all die Menschen gedacht, die sich daran gewöhnt haben, Ihre Antworten von Euch zu erhalten?

63

NARR

(Freundlich) Ihr meint, die Ihre Antworten von *Euch* erhalten: Dem Verwalter der Macht? Also: Dem wahren Besitzer der Macht?

VERWALTER

Sie werden Euch nicht verstehen. Und sie werden ihr Vertrauen in Euch verlieren. Wollt Ihr wirklich das Vertrauen all dieser Menschen gegen das Vertrauen einer einzigen Frau eintauschen?

KÖNIG

(Nachdenklich) Vielleicht wäre ich nur dann wirklich ein König, wenn mir das Vertrauen eines einzelnen Menschen so viel bedeuten würde, wie das Vertrauen aller. Aber ganz sicher wäre ich ein schwacher König, wenn es mir nicht gelingen würde, die Menschen zu überzeugen.

NARR

Dann wollt Ihr die Königin freilassen?

(König betrachtet Königin nachdenklich. Erneut gespannte Stille.)

KÖNIGIN

Ich werde Eure Tafel nicht verlassen.

KÖNIG

(Überrascht) Nicht?!

FRAU

Warum nicht?

KÖNIGIN

Könnt Ihr das wirklich nicht verstehen?

FRAU

Nein.

(Betrachtet Königin nachdenklich.)

Ich verstehe Euch nicht. Der König gibt Euch frei. Ihr könnt endlich in Eure eigene Welt zurückkehren. Ist es nicht genau das, was Ihr wollt?!

KÖNIGIN

Warum sollte ich in meine Welt zurückkehren wollen? Es ist nicht mehr *meine* Welt. Schon seit langer Zeit nicht mehr!

(Sieht langsam zu den Wachen.)

Seht Euch die Menschen an, die mich jetzt bewachen. Seht sie Euch ganz genau an! Es sind dieselben Menschen, die mich früher in meiner Welt besucht haben. Jetzt halten sie mich gefangen und es scheint keinen Unterschied für sie zu machen. Seht sie Euch an! Wie leblos sie sind. Aber am Ende war es ihre eigene Entscheidung. Die letzte eigene Entscheidung!
Ihr erwartet von mir, dass ich in eine Welt zurückkehre, in der niemand mehr auf mich wartet. Nennt mir nur einen einzigen Grund, warum ich gehen sollte?! Einen einzigen Grund!
Die Wahrheit ist: Ich bin frei! Zum ersten Mal frei. Endlich ohne jede Verantwortung. Warum sollte ich diese Freiheit aufgeben? Und für wen?

NARR

(Ruhig) Trotzdem werdet Ihr gehen.

(Königin sieht fragend zu Narr.)

Ihr seid die Königin. Ihr werdet Euch nicht dagegen wehren können. Wenn Ihr die Gelegenheit erhaltet, eine Grenze zu überschreiten … die einzige Grenze, die Ihr noch nie überschritten habt …

(Königin will widersprechen.)

Wenn der König Euch nicht länger den Weg versperrt, werdet Ihr gehen …

KÖNIGIN

… Nein.

NARR

… weil in Eurer Welt jemand auf Euch wartet.

KÖNIGIN

Niemand wartet auf mich! Ihr habt es selbst gehört. Die Menschen haben meine Welt verlassen! Wer sollte auf mich …

NARR

Der König.

KÖNIGIN

Der König? Du bist wirklich ein Narr! Was redest du?

NARR

Der einzige Gegner, der Euch ebenbürtig ist. Mit dem Ihr um die Menschen kämpft, seit es Euch gibt. Ihr könnt nicht bleiben. Ihr gehört nicht in diese Welt!

FRAU

Er hat recht. Es wird Zeit.

(König lässt auf ein Zeichen die Wachen den Weg zur Bühne freimachen. Königin steht zögernd auf. Sieht sich fragend um. Frau setzt sich auf einen Stuhl, den Narr ihr angeboten hat, und betrachtet Königin erwartungsvoll.)

TOCHTER

Ihr müsst jetzt gehen.

KÖNIGIN

Ich …

FRAU

Es ist Eure eigene Welt, die auf Euch wartet. Und die Menschen werden Eure Welt wieder besuchen, sobald die Königin zurückgekehrt ist.

(Königin geht langsam Richtung Bühne. Bleibt stehen und sieht sich um. Betrachtet die Wachen. Geht über die Bühne ab. Während Frau der Königin nachsieht, betrachtet König mit Zuneigung Frau. Prinz beobachtet das.)

PRINZ
Er ist sehr geschickt, der König.

FRAU
Wie meinst du das?

PRINZ
Sieh dich um! Die Königin ist frei, aber wir sind noch immer von Wachen umgeben. Für uns hat sich nichts geändert. Wir sind noch immer gefangen!

> (Auf ein Zeichen des Königs steht Verwalter auf und verlässt den Zuschauerraum. Wenig später folgen ihm die Wachen.)

Trotzdem bist du noch immer seine Gefangene.

FRAU
Nein. Es ist vorbei.

> (Keine Reaktion Prinz.)

Es ist vorbei!

> (Die Türen schließen sich wieder. Licht verstärkt auf Prinz. Der sieht sich im Zuschauerraum um. Ist von der Situation überfordert. Zieht sich immer mehr zurück.)

PRINZ
(Zu sich. Resignierend) Ja. Es ist vorbei.

> (Pause.)

NARR
(Leise. Sanft) Es wird Zeit.

FRAU
Zeit? Wofür?

PRINZ
Ich …

> (Bricht ab. Ist zu einer Antwort nicht mehr in der Lage. Narr antwortet für ihn.)

NARR
(Bedrückt) Es wird Zeit, dass der Prinz sich wieder auf die Suche macht. Er hat schon zu viel Zeit verloren.

PRINZ
(Zu sich) Ja. Das Ende meiner Welt.

FRAU
Du willst gehen? Jetzt?!

NARR

Die Königin ist wieder frei, aber wenn der Prinz das Ziel seiner Reise nicht bald findet, wird er sein Land verlieren. Sein Land und das einzige Leben, das ihm noch bleibt.

FRAU

Ich verstehe dich nicht. Außerdem: Wohin willst du gehen? Du bist an jedem Ort gewesen. Du hast in dieser Welt gesucht und in der Welt der Fantasie. Wohin willst du gehen?

(Prinz reagiert nicht.)

(Zögernd) Und wenn der König dir hilft?

PRINZ

Der König?

FRAU

Ja.

PRINZ

Ich vertraue dem König nicht.

NARR

Ihr solltet ihn zumindest anhören.

KÖNIG

Vielleicht kann ich Euch helfen.

PRINZ

(Ablehnend) Ihr könnt mir helfen? Wie? Und warum?!

KÖNIG

Ich …

PRINZ

… Ja?!

(Pause.)

KÖNIG

Ich kann verstehen, dass Ihr mir nicht vertraut, aber wenn ich für Euch die Gelehrten dieser Welt zusammenrufen würde? *Ihnen* könntet Ihr glauben, denn sie haben keinen Grund, Euch zu belügen. Vielleicht können sie Euch helfen.

PRINZ

Eure Gelehrten?

KÖNIG

Mit ihrer Hilfe … Mit dem gesamtem Wissen meiner Welt …

(Prinz beginnt zu lachen.)

Gemeinsam mit Ihnen solltet Ihr einen Weg finden … sollten *wir* einen Weg finden …

PRINZ

Nein.

FRAU

Warum nicht?

PRINZ
Weil es keine Hilfe wäre! Für einen Augenblick habe ich wirklich geglaubt … Aber es ist nur ein Märchen … Eines der ältesten Märchen, das von Königen erzählt wird.
FRAU
Warum willst du nicht, dass er dir hilft?

(Prinz nimmt ein Glas von der Tafel.)

PRINZ
Siehst du dieses Glas in meiner Hand? Wenn ich dich bitten würde, es für mich zu verstecken … Wo würdest du es hinstellen?

(Keine Antwort.)

Wohin?!

(Keine Antwort. Prinz stellt langsam das Glas zu den anderen Gläsern auf der Tafel.)

Was würde es mir helfen, alle Wege zu kennen, wenn ich meinen eigenen Weg dabei verliere? So, wie ich dieses Glas zwischen all den anderen Gläsern versteckt habe, würden Eure Gelehrten das Wissen, das mich an das Ziel meiner Reise führen könnte, zwischen all dem anderen Wissen verstecken. Je mehr ich wüsste, desto weniger würde ich verstehen.
FRAU
Und wenn der König einen anderen Weg findet, um dir zu helfen?
PRINZ
Einen anderen Weg?
KÖNIG
Ihr müsstet mir nur etwas Zeit geben.
PRINZ
Aber ich habe keine Zeit!

(Frau will widersprechen.)

(Resignierend) Ich habe keine Zeit.
FRAU
Du willst den König nicht einmal anhören?
PRINZ
Nein. Ich will nicht mehr! Ich … Vielleicht habe ich bei meiner Suche alles zerstört, was mir je etwas bedeutet hat: Indem ich die Königin gebeten habe, mir an die Tafel des Königs zu folgen. Weil ich dachte, ich könnte so das Ziel meiner Reise erreichen!
Irgendwann stand ich vor der Tafel des Königs - mit der Königin an meiner Seite - und wusste genau, dass sie im nächsten Augenblick ihre Freiheit verlieren würde. Ich wusste es!

(Nimmt seine Umgebung kaum noch wahr.)

Ich sah die Wachen, die der Königin den Weg versperrten. Den König, der einen Sieg genießt, der keiner war. Und nachdem die Königin gefangen war … Ich stand noch immer da. Weil ich dachte … weil …
(Zu sich. Fremd) Aber der Königin wird nichts geschehen.

KÖNIG
(Irritiert) Der Königin?

FRAU
(Besorgt) Was sollte ihr jetzt noch geschehen? Sieh dich um: Die Königin ist wieder frei.

PRINZ
(Zu sich) Ja. Die Königin ist frei.

NARR
Ihr müsst Euch entscheiden.

PRINZ
Ja. Es wird Zeit.

FRAU
Du willst gehen? Willst du mich nicht fragen …

                    (Prinz weicht Blick von Frau aus.)

Warum willst du mich nicht fragen, ob ich mit dir komme?

                    (Prinz dreht sich langsam um und geht in Rich-
                    tung Bühne. Narr steht auf.)

Warum nicht?!

                    (Prinz geht in die Dunkelheit ab. Stille.)

NARR
(Leise) Weil er erkannt hat, dass seine Reise zu Ende geht. Und weil er weiß, dass er verliert.

FRAU
Warum will er dann nicht, dass ich ihm helfe?

NARR
Weil er ein Prinz ist.

                    (Tritt vor die Tafel.)

Und weil er Euch liebt. Auf seine Weise.

                    (Narr geht langsam in Richtung Bühne. Dreht sich
                    noch einmal um.)

TOCHTER
(Sehr nah) Was hast du vor?

NARR
Den Prinz begleiten. So, wie ich es seit dem Beginn seiner Reise getan habe. Er wird mich brauchen.

(Geht langsam ab. Licht wird schwächer. Lange
Pause. Stille. Tochter steht langsam auf.)

TOCHTER
(Zu Frau) Kommt!
FRAU
Wohin?
TOCHTER
Wenn Ihr den Prinz wirklich liebt, kommt mit mir. Auch wenn Ihr keinen
Grund habt, mir zu vertrauen.

(Frau zögert.)

Kommt! Wir haben keine Zeit zu verlieren.

(Tochter und Frau folgen Narr. Das Licht erlischt. Sehr lange Pause. Stille.)

AKT IV

[BÜHNE = WELT DER FANTASIE]

(Prinz sitzt allein auf der Bühne. Nur im schwachen Licht. Friert.)

AKT IV SZENE 1

PRINZ
(Langsam) Es ist seltsam.

(Sieht sich um.)

Die Königin ist wieder frei. Die Wachen sind fort. Als wäre all das nie wirklich geschehen. Nur ein böser Traum. Nur ein … Traum.

(Pause.)

Die Menschen können wieder lachen. Streiten. Endlich wieder fühlen. Aber mir ist kalt, in dieser Nacht. So entsetzlich kalt. Nicht mehr lange, bis der Tod mich endlich …

(Pause.)

Jetzt sitze ich hier - allein - und versuche mich zu erinnern: An mein Land. An die Menschen, die ich beschützen wollte. Für die ich stark sein wollte und mutig. Ich denke an meinen Vater - die Menschen, denen ich auf meiner Reise begegnet bin. Die Straßen und Orte. Und irgendwie … habe ich mir alles ganz anders vorgestellt.
Dic Frau, die ich liebe, habe ich betrogen. Weil ich ihr nicht vertraut habe. Weil ich mir nicht vertraut habe. Weil ich … Nein … Es scheint nur, als hätte sich nichts verändert!
Die Königin ist endlich wieder frei nach langer Zeit, aber ich bin noch immer gefangen. Weil ich gesehen habe und nicht danach handeln wollte. Weil ich auf meinem Weg war und nicht mehr anhalten konnte. Nicht anhalten wollte. Nur noch mein Ziel. Nur noch mein Ziel!

(Sieht ins Leere.)

Als hätte ich jeden Fehler aufgelesen, der auf meinem Weg lag, und würde nun versuchen, den Weg noch einmal zurückzugehen. Und weiß genau, dass die Zeit sich nur in die eine Richtung bewegt. Immer nur … in eine Richtung. Und irgendwie …
Jetzt ist es kalt. Mir ist kalt, in dieser Nacht, und ich bin vom Denken noch immer nicht erlöst. Ich sitze hier - allein - und sehe der Zeit dabei zu, wie sie langsam an mir vorübergeht. Und irgendwie … habe ich mir alles ganz anders vorgestellt.

71

(Narr steht an der Seite im Halbdunkel. Prinz bemerkt ihn nur langsam.)

AKT IV SZENE 2

PRINZ
Was machst du hier?

(Keine Antwort.)

Du musst mich nicht länger begleiten.
NARR
Dann habt Ihr das Ziel Eurer Reise erreicht?
PRINZ
(Leise) Nein.

(Pause.)

Warum bist du mir gefolgt? Warum lässt du mich nicht einfach allein? Du kannst mir nicht helfen. Selbst wenn du wüsstest, wo das Ende meiner Welt zu finden wäre … Du dürftest es mir nicht sagen! Das war eine der Bedingungen, die der Tod gestellt hat.
Eine der Bedingungen. Ich …
NARR
Ja?
PRINZ
Es ist nicht wichtig.

(Prinz zieht sich wieder in sich zurück.)

NARR
Ihr wollt wissen, wie es der Frau geht, die Ihr zurückgelassen habt? Wie Sie jetzt von Euch denkt? Nachdem Ihr sie …
PRINZ
Nein. Ich will es nicht wissen.
NARR
Wie würdet Ihr Euch fühlen?
PRINZ
Ich will es nicht wissen!
NARR
Wie würdet Ihr Euch fühlen, wenn der Mensch, den Ihr liebt, Euch zum zweiten Mal verlässt? Weil er Euch nicht wirklich vertraut?

(Keine Antwort.)

Weil er niemanden mehr vertraut?

(Prinz sieht still zu Narr. Kann sich nicht mehr wehren. Narr bricht ab. Geht langsam nach vor-

72

(ne zum Bühnenrand. Setzt sich an den Bühnenrand. Prinz ist in sich gekehrt. Narr beobachtet ihn eine Weile, wendet sich dann langsam ab.)

PRINZ

(Leise) Es ist … Drei Leben und dabei nicht ein einziger Tag, der einen Sinn ergibt. Nicht ein einziger Tag, der mich meinem Ziel näher gebracht hätte. Ich kann mich nicht einmal mehr erinnern. Es fühlt sich an, als hätte ich keine Vergangenheit mehr.

NARR

Noch habt Ihr eine Gegenwart.

PRINZ

Nein.

NARR

Vielleicht sogar eine Zukunft.

PRINZ

Nein. Keine Zukunft!

NARR

Noch habt Ihr …

PRINZ

(Endgültig) Nein. Keine Zukunft.!

(Lange Pause.)

NARR

Erinnert Ihr Euch wirklich nicht mehr: An das Land, aus dem wir kommen - inmitten von Bergen, in einem einzigen, weiten Tal? An die Zeit, die Ihr als Kind dort verbracht habt?

PRINZ

Ich bin kein Kind mehr. Schon lange nicht mehr.

NARR

Ihr wolltet nie aufgeben.

PRINZ

… Schon lange nicht mehr.

NARR

Ihr seid ohne jede Angst gewesen. Neugierig auf alles Unbekannte.

PRINZ

Nein.

NARR

Ohne jede Verantwortung. Einfach nur …

PRINZ

Ohne Verantwortung? Aber mein Vater ist der König - und ich bin sein Sohn. Ich *bin* verantwortlich! Verstehst du?
Ich habe das Gefühl, auf einer Insel zu sitzen. Eine Insel weit draußen im Meer. Ohne Verbindung zum festen Land. Nur Wasser, so weit das Auge reicht. Und jemand sagt, ich solle schwimmen. Ich frage: Warum? … und … Wohin? Und als Antwort höre ich nur ein einziges Wort: Egal!
Was ist das für eine Antwort?! Egal?

NARR

(Nachdenklich) Die einzig richtige.

PRINZ

Du verstehst mich nicht. Aber vielleicht kannst du mich auch einfach nicht verstehen. Deine Reise hat nie wirklich ein Ziel gehabt.

NARR

Nein. Meine Reise hat nie ein Ziel gehabt.

> (Durch die schwarze Tür im Hintergrund betritt der Tod unauffällig die Bühne. Bleibt im Halbdunkel stehen.)

Euer Vater ist der König, nicht Ihr. Warum wollt Ihr unbedingt mehr Verantwortung tragen, als Euch zukommt? Euer Vater hat den Fremden empfangen, als der Euer Land betreten hat, nicht Ihr.

PRINZ

Aber *ich* hätte ihn warnen müssen.

NARR

Euer Vater hätte sich weigern können. Vielleicht hätte er sich weigern müssen. Und Euer Land: Niemand hat die Menschen in Eurem Land gezwungen, sich von dem Fremden abhängig zu machen. Am Ende haben sie sich selbst zerstört.

PRINZ

Aber *ich* hätte es verhindern müssen.

NARR

Der König hat die Königin gefangen gehalten. Nicht Ihr!

PRINZ

Weil *ich* die Königin an seine Tafel geführt habe!

NARR

Es war Ihre eigene Entscheidung. Es … (Enttäuscht) Nein. Es hat keinen Sinn mehr. Wenn Ihr jeden verteidigt, nur nicht … mit keinem einzigen Wort Euch selbst.

> (Tochter und Frau sind schwach im Halbdunkel an der Seite zu erkennen. Tod ist weiter ins Licht getreten.)

AKT IV SZENE 3

PRINZ

(Erschöpft) Ich bin müde. Unendlich müde, verstehst du? Ich kann nur noch warten. Nur noch warten, dass alles zu Ende ist. Es kann nicht mehr lange dauern und ich werde in meinen eigenen Armen sterben - (Kaum hörbar) so, wie ich vorher in meinen eigenen Armen gelebt habe. In meinen Armen, die mich nicht mehr wärmen können. Ich kann mich kaum noch erinnern, wie sich das anfühlt: Wärme.

> (Versucht zu lächeln.)

Vor langer Zeit … Vor langer Zeit war mir warm. Mir war heiß. Als Kind hatte ich oft den gleichen Traum. Ich lag an einem geöffneten Fenster, in einer Sommernacht. Mir war heiß. So heiß, dass ich mich nicht mehr erinnern kann! Es war still. So still, dass ich in der Ferne einem Fluss dabei zuhören konnte, wie er langsam an mir vorüberzog. Der Fluss nahm mich mit sich und ich ließ mich treiben.

An den Ufern … An den Ufern entdeckte ich Menschen, denen ich noch nie zuvor begegnet war. Aber als ich näher hinsah, schienen sie leer zu sein. Nur eine Hülle. Die Menschen versuchten sich zu umarmen, aber ihre Arme gehorchten ihnen nicht. Ihre Hände …

Manchmal sah ich ein Lachen, aber am Ende blickte ich wieder nur in eine Maske, die mich getäuscht hatte. Ich wollte den Menschen in die Augen sehen, aber der Fluss riss mich mit sich davon. Immer schneller. Ich wollte den Menschen in die Augen sehen, sie noch einmal berühren, aber ich wurde davongetragen. Ins offene Meer getragen. Auf tausend Händen. Immer weiter! Hinausgetragen auf das offene Meer! Bis nur noch Wasser um mich war und Dunkelheit. Nur noch … Dunkelheit.

Mir wurde kalt. Mir *ist* kalt. Jetzt habe ich eine Insel gefunden und auf meiner Insel ist es kalt. So entsetzlich kalt.

> (Tod tritt aus dem Hintergrund. Lange Pause.)

Ich habe keine Kraft mehr zurückzuschwimmen. Gegen den Strom. Immer wieder … gegen den Strom.

> (Prinz bemerkt Tod kaum. Hat sich vollkommen in sich zurückgezogen. Hält sich frierend in den eigenen Armen.)

AKT IV SZENE 4

TOD
Und? Habt Ihr das Ziel Eurer Reise erreicht?

> (Keine Antwort.)

Es wird Zeit. Ihr müsst nicht länger leiden. Bald ist für Euch alles vorbei.

> (Prinz hat keine Kraft mehr, sich zu wehren. Tod sieht noch einmal zu Narr am Bühnenrand.)

Es scheint Euch nichts auszumachen, dass ich den Prinzen mit mir nehme, in meine Welt.?

NARR
(Kalt. Hart) Nein. Es macht mir nichts aus.

> (Narr sieht langsam zu Tod auf. Lächelt.)

Ich genieße meinen Sieg.!

> (Narr steht auf. Beängstigende Stille.)

TOD
Euren Sieg? Über wen?
NARR
Über den Prinz.

(Sieht langsam ins Publikum.)

Über jeden, der sich als Prinz fühlt.
(Zu Tod) *Meinen Sieg über Euch.*
TOD
Über mich?
NARR
Ich habe jedem seinen Wunsch erfüllt.

(Sieht zu Prinz.)

Der Prinz stirbt jetzt als Held. So, wie er schon immer hat sterben wollen! Für sein Land. Seine Ideale. Für seine Liebe zu sich selbst! Ich bin mir nicht einmal sicher, ob er wirklich jemals gegen Euch hat bestehen wollen.

(Frau will Narr widersprechen. Tritt näher zu Prinz. Narr sieht zu Frau.)

Nein. Ich habe dem Prinzen nur seinen Wunsch erfüllt. Nur … seinen Wunsch. Genau wie ich Euch *Euren* Wunsch erfüllt habe. Jetzt seht Ihr Euch so, wie Ihr Euch schon immer habt sehen wollen: Eines Prinzen … Der Liebe nicht würdig.
Es ist nicht lange her, dass Ihr Platz genommen habt, an der Tafel des Königs. Auf genau dem Stuhl, den *ich* Euch angeboten habe! Und dann habe ich den König dazu gebracht, sich von Euch verführen zu lassen.
Ich habe mich zwischen Euch und den Prinz gestellt, weil *Ihr* mir den Raum dazu gelassen habt. Weil Ihr dem Prinz alles verzeihen wolltet, nur nicht seine Schwäche. Nur nicht, dass er das Bild zerstört, das Ihr Euch von Eurer Liebe gemacht habt.
(Hart) Ich habe jedem seinen Wunsch erfüllt. Jedem!
TOD
Und welchen Wunsch habt Ihr mir erfüllt? Was habe *ich* Euch zu verdanken?
NARR
(Lächelt) Ihr habt dieses Spiel gewonnen. Oder etwa nicht?
TOD
Das Spiel?
NARR
Indem ich den Prinz an das Ende seiner Welt geführt habe. (Selbstsicher. Herausfordernd) Sein Tod … gehört mir!
TOD
Sein Tod? (Verärgert) *Ich* bin der Tod!
Und was macht Euch so sicher, dass ich nicht Euch mit mir in meine Welt nehme?! (Mit Blick auf Prinz) An seiner Stelle?

NARR

Seht Euch um: Ihr seid alleine gekommen. Wenn Ihr mich mit Euch nehmt, müsst Ihr den Prinz zurücklassen, denn es ist niemand da, Euch zu helfen. Wenn Ihr *mich* mit Euch nehmt, werdet Ihr alles verlieren, denn ich bin der Teil des Prinzen, der ihn dahin gebracht hat, Euch in Eure Welt folgen zu wollen.

TOD

Ihr habt ihn dahin gebracht?

(Keine Antwort.)

Ihr habt ihn dahin gebracht?!

NARR

Nur ein Wort zur richtigen Zeit. Ein Schweigen. Eine einzige Bewegung! Wenn niemand sich kümmert, ist die Lüge ein leichtes Spiel. Es war nicht schwierig, den Prinz sich selbst betrügen zu lassen. Ein viel zu leichtes Spiel.

TOD

Ein Spiel?

NARR

Ja. Ein Spiel. Nachdem die Königin in Gefangenschaft geraten ist, an der Tafel des Königs …
Erinnert Ihr Euch? Nur ein Wort zur richtigen Zeit und der Prinz war zu glauben bereit, dass er noch immer das Ziel seiner Reise erreichen könnte. Mit der Königin in Gefangenschaft! Umgeben von Wachen. Mit der Freiheit in Gefangenschaft! Was für ein … (Bricht ab. Lächelt) Er war so sehr davon überzeugt, das Richtige für sein Land zu tun, dass er vergessen hat, was richtig ist und was falsch. Und als er sich dann endlich erinnert hat, war es zu spät. Er musste vor sich selbst davonlaufen: In die Welt der Fantasie. Er musste in eine Welt fliehen, die kalt war und leer.

TOD

Weil *Ihr* es wolltet?

NARR

Weil ich es wollte! Und dann blieb Euch nichts anderes übrig, als dem Prinzen auch noch sein zweites Leben zu nehmen. Anschließend ist er zurückgekehrt, an die Tafel des Königs. Ist zurückgekehrt und wollte nicht die Königin befreien, sondern sich selbst, von seiner Schuld! Nicht gemeinsam mit der Frau, die ihn geliebt hat, sondern in ihrer Begleitung - allein. Nur ein Wort von mir zur richtigen Zeit und der Prinz ist ein zweites Mal in diese Welt geflohen. Und ich bin ihm gefolgt! Dann … Nein.

(Bricht ab. Sieht sich ruhig im Zuschauerraum um. Sieht zu Tod.)

Ihr müsst Euch *jetzt* entscheiden! Ihr müsst Euch entscheiden, wen Ihr mitnehmen wollt: Nehmt Ihr mich mit Euch, dann verliert Ihr alles, was einen Menschen dazu bringen kann, Euch in Eure Welt folgen zu wollen: Die Lüge. Den Verrat. Den Selbstbetrug! Es gibt so viele Wege …
Nehmt Ihr aber den Prinz mit Euch, wird es *mein* Sieg sein!

77

> (Spannung zwischen Tod und Narr ist kaum noch
> zu steigern. Beide stehen nur wenige Schritte
> voneinander entfernt.)

TOD
Euer Sieg? Wenn Ihr Euch so sicher seid, dann sagt mir, wohin Ihr den
Prinz geführt hättet? Sagt es mir! Was ist das Ziel seiner Reise?!
NARR
(Lächelt) Das Ziel seiner Reise?

> (Betrachtet noch einmal Prinz. Der scheint sei-
> ne Umgebung kaum noch wahrzunehmen.)

Ihr habt den Prinz zu einem Spiel herausgefordert, das er nicht gewinnen
konnte.

> (Deutet auf die schwarze Türe im Hintergrund.)

Erst, wenn er Euch in Eure Welt gefolgt ist … Erst, wenn er auch sein drit-
tes Leben verloren hat … Erst dann wird der Prinz das Ende seiner Welt erreicht haben.

> (Narr sieht Tod überheblich an.)

Erst dann!
TOD
(Leise) Ihr habt nichts verstanden! Nichts!

> (Sieht Narr voller Verachtung an.)

Ich habe dem Prinz die einfachste Aufgabe gegeben, die ich einem Menschen
überhaupt nur geben konnte! Das Ende der Welt … das Ende seiner *eigenen*
Welt liegt auf einer Insel mitten im Meer. Umgeben von Wasser. Inmitten
der Dunkelheit! Das Ende seiner Welt - und der Beginn meiner Macht.
Was seid Ihr für ein Narr! Der aus lauter Eitelkeit den Menschen verrät,
der ihm über alles vertraut. Das Ende seiner Welt ist die Angst … *die
Angst vor dem eigenen Leben!* Das einfachste Rätsel, dass ich einem Menschen überhaupt nur geben konnte.

> (Tod wendet sich langsam Prinz zu. Prinz sieht
> still zu Narr. Als hätte er etwas begriffen.)

Kommt Ihr? (Ruhig. Endgültig) Es wird Zeit.

> (Keine Reaktion Prinz.)

TOCHTER
(Zu Narr. Unendlich nah) Es war nie ein Spiel …

NARR
(Erschöpft) Nein. Ich kann nicht mit Menschen spielen.
TOD
Und doch habt Ihr es getan!

> (Narr sieht langsam zu Tod. Als würde er nicht
> erwarten, dass Tod ihn versteht. Tod wendet sich
> wieder Prinz zu.)

Kommt Ihr? Es wird Zeit. Es ist die letzte Freiheit, die Euch bleibt.
PRINZ
Euch zu folgen … Nein.

> (Prinz sieht sehr langsam zu Tod. Wirkt verändert.)

Euch zu folgen ist nur der kleinste Teil der Freiheit. Nur ein Teil der Freiheit, die mein Leben mir bieten kann. Nur ein Teil!

> (Pause.)

Erst, wenn es wirklich der letzte Schritt ist. Erst dann!
TOD
Es ist der letzte Schritt.
PRINZ
Nein. Das ist es nicht.

> (Sieht zu Narr. Der steht still am Bühnenrand.
> In sich gekehrt. Als wäre eine gewaltige Last
> von ihm gefallen.)

Ich habe lange gebraucht, es zu verstehen. Und vielleicht verstehe ich es noch immer nicht ganz.
(Dankbar. Sehr nah) Du hast viel für mich riskiert. Sogar dein eigenes Leben.

> (Pause.)

Und ich weiß nicht, wie ich dir dafür danken kann.
TOD
Ich verstehe Euch nicht.
PRINZ
Nein. Ihr versteht es nicht. Ihr versteht noch immer nicht, was er für mich getan hat: Er hat mich an das Ziel meiner Reise geführt und er hat *Euch* dazu gebracht, es mich erkennen zu lassen.

> (Prinz ist noch immer geschwächt, aber sieht Tod
> in die Augen.)

Ich bin all das, was Ihr niemals sein werdet. All das, was Ihr fürchtet.

TOD

(Irritiert) Ihr wollt mir nicht folgen?

PRINZ

Irgendwann werde ich Euch folgen müssen. Ich bin auch nur ein Mensch wie jeder andere. Aber nicht, solange es meine eigene Entscheidung ist. Vielleicht habe ich keine Angst mehr. Keine Angst vor Euch … und keine Angst (Lächelt erschöpft) vor meinem eigenen Leben.

TOD

(Irritiert) Vor …? Woher …

TOCHTER

Du selbst hast es ihm gesagt, Vater.
Erinnerst du dich? Es war deine eigene Bedingung: Dass kein Mensch dem Prinz das Ende seiner Welt beschreiben durfte.

FRAU

Ihr aber seid kein Mensch.

(Frau tritt langsam zu Prinz.)

Ihr seid der Tod!

(Tod sieht zu Narr. Beginnt zu verstehen.)

TOD

Wer seid Ihr?

AKT IV SZENE 5

NARR

(Zu sich. Erschöpft) Nur ein Narr. Der die Wahrheit sagt und dem man die Lüge glaubt.

TOCHTER

(Sanft) Nur ein Narr ?

NARR

Ja. Nur ein Narr. (Zögernd) Meine Aufgabe ist es, die drei Welten im Gleichgewicht zu halten, denn keine von ihnen kann ohne die Freiheit der anderen existieren.
Ohne den König - die Realität - gäbe es das alles hier nicht: Diesen Palast nicht. Nicht ein einziges Wort! Die Realität ist das, was ich fassen kann. Vielleicht noch mehr. Meine Hände. Meine Stimme. Die Menschen, die mich umgeben.
Aber all das wäre ohne Bedeutung, wenn es nicht etwas gäbe, durch das wir einander sehen könnten. Irgendetwas, das aus einer Stimme Worte macht. Aus einer Berührung Zärtlichkeit. Aus mir … ein Leben. Erst durch die Fantasie … erst durch sie kann ich das, was mich umgibt, verstehen. (Lächelt) Zumindest manchmal.
(Zu Tod) Ihr aber seid der Tod! Noch seid Ihr die Zukunft. Auch für mich. Mein Gegner, für lange Zeit. (Endgültig) Der, der mich lebendig hält.

(Bricht ab. Pause.)

PRINZ

Warum sprichst Du nicht weiter?

NARR

Vielleicht, weil ich der Teil von Euch bin, der Euch an das Ende Eurer Welt geführt hat. Und der jetzt zurückbleiben muss, wenn Ihr Euren eigenen Weg wiederfinden wollt.

> (Prinz will widersprechen. Narr schüttelt den Kopf.)

Es ist *Eurer* Leben! Und Ihr müsst jetzt Euren eigenen Weg gehen. Ihr müsst zurückkehren, in die Welt der Realität.

PRINZ

Mein Leben?

> (Langsam tritt Frau an die Seite des Prinzen und nimmt seine Hand.)

NARR

Ja. Euer Leben. (Lächelt) Vielleicht nicht mehr allein nur *Euer* Leben. Und nicht mehr allein nur *Euer* Weg.

> (Frau zieht Prinz sanft an der Hand.)

TOD

(Zu Prinz) Ihr habt noch einen Wunsch frei.

PRINZ

Einen Wunsch?

TOD

Was auch immer Ihr über mich denken mögt: Ich halte meine Versprechen.! Oder habt Ihr schon vergessen, warum Ihr Euch auf Eure Reise begeben habt?

> (Prinz und Narr sehen sich lange an. Prinz begreift. Sieht langsam zu Tod. Ruht in sich.)

PRINZ

Nein. Ich habe keinen Wunsch mehr an Euch.

TOD

Dann werde ich die Macht über Euer Land behalten.

PRINZ

Nein. Vielleicht werdet Ihr von Zeit zu Zeit einen Sieg feiern, aber Ihr werdet *nie wieder* die Macht über mein Land gewinnen. Und Ihr werdet nie wieder die Macht über *mich* gewinnen. Vielleicht ist es genau das, was ich von Euch gelernt habe: »Nein« zu sagen.

> (Frau zieht an der Hand von Prinz. Prinz zögert.)

NARR

(Lächelt. Sanft) Sie hat recht. Es wird Zeit.

PRINZ

Und was wird aus dir? Willst du nicht …

> (Prinz begreift langsam, dass sich ihre Weg trennen werden. Akzeptiert schweigend. Prinz und Frau gehen gemeinsam durch den Zuschauerraum ab. Licht nur noch auf Narr und Tochter. Narr sieht nachdenklich zu Tod, der jetzt im Hintergrund im Halbdunkel steht.)

AKT IV   SZENE 6

TOCHTER

Warum bist du nicht mit ihnen gegangen?

> (Tochter und Narr sehen sich lange an. Narr geht langsam zur Spiegeltür im Hintergrund. Tochter möchte ihn aufhalten.)

NARR

Nein. Ich bin nur ein einfacher Narr.
(Sanft) Ich werde nie der sein, den du suchst. Und nie das sagen, was du hören willst. Nicht, bevor deine Reise zu Ende ist.

TOCHTER

Meine Reise?

NARR

(Lächelt) Du musst dich entscheiden.

> (Tochter versteht nicht.)

Du musst dich entscheiden!

> (Narr verlässt Bühne langsam durch die Spiegel-tür. Tochter bleibt nachdenklich zurück. Geht nach einiger Zeit zur Bank.)

AKT IV   SZENE 7

TOD

Deine Reise? Was meint er damit?

> (Tochter setzt sich. Greift langsam eine der Holzfiguren. Sieht ins Publikum in die Leere. Lange Pause. Stille.)

Es wird Zeit: Wir müssen gehen. Es ist vorbei.

> (Tochter stellt die Holzfigur wieder ab und nimmt eine Rose auf, die zwischen den Figuren lag.

> Sieht kurz in Richtung Spiegeltür, als würde sie
> die Rose mit dem Narr in Verbindung bringen.)

Du bist noch immer meine Tochter.!

> (Tochter lächelt. Als würde sie durch die Rose
> etwas verstehen.)

Und du wirst nie etwas anderes sein!
TOCHTER
(Zu sich) Nur ein … Narr?
TOD
Du hättest die Welt, aus der du kommst, niemals verlassen dürfen!
TOCHTER
(Zu sich) Nur ein Narr. Der mir selbst dann noch Geschichten erzählt, wenn er längst gegangen ist.
TOD
Du hättest meine Welt niemals verlassen dürfen!

> (Tochter wendet sich langsam Tod zu.)

TOCHTER
(Nachdenklich) *Deine* Welt?
TOD
Ja. *Meine* Welt. Du hast alles versucht, aus ihr zu fliehen: Du warst an der Tafel des Königs. Du bist durch die Welt der Fantasie gereist und bist dabei sogar der Königin begegnet. Aber was bleibt dir am Ende? Du bist noch immer allein!
Was immer du auch versuchen wirst, um mich vergessen zu machen: Ich bin ein Teil von dir und werde immer ein Teil von dir sein!
TOCHTER
Du hast mich nie gefragt, warum ich deine Welt verlassen habe. Nicht ein einziges Mal. Du hast mich auch nie gefragt … wer ich bin.
TOD
Ich muss dich nicht fragen. Ich bin dein Vater.
TOCHTER
Mein Vater?

> (Tochter und Tod sehen sich lange an.)

Vor langer Zeit war ich *deine* Tochter. Und ich habe dich geliebt, weil du mein Vater warst! Aber ich habe nie verstanden, warum ich in deiner Welt leben sollte. In deiner kalten, dunklen Welt.

> (Blick wandert durch den Zuschauerraum.)

Ich habe gesehen, wie du Menschen zerstörst. Wie du den Menschen Ihre Hoffnung nimmst. Wie du deiner Arbeit nachgehst. Und auf der einen Seite stand neben mir der Tod! Und mein Vater stand auf der anderen Seite.

(Sieht wieder zu Tod.)

So lange es mich gibt, stehe ich zwischen dem, was du bist, und dem, was mein Vater hätte sein sollen. Und beide zieht ihr an meinen Armen. Zerrt daran, ohne aufzuhören! Und dazwischen … Bis es mich zerreißt! So lange, bis es mich in tausend Stücke zerrissen hätte. Aber es wird dir nicht mehr länger gelingen. (Lächelt) Nie mehr!

TOD
Dann sieh dir die Menschen an. Sieh sie dir genau an! Die Art, wie die Menschen *dich* ansehen. Für sie wirst du nie etwas anderes sein als meine Tochter.

TOCHTER
(Ruht vollkommen in sich) Ich kann dir nicht mehr helfen, Vater. (Warm. Leise) Geh jetzt.

(Tod will widersprechen.)

Geh jetzt.! Ich kann nicht für alle Zeiten deine Schuld tragen! Nur damit du die Macht über mich behältst. Es ist *mein* Leben!

TOD
(Lächelt überlegen) Ein Leben, dass niemand mit dir teilen wird. Weil du noch immer meine Tochter bist. Weil du nie etwas anderes sein wirst!

(Tochter reagiert nicht. Tod erkennt, dass er keinen Einfluss mehr auf sie hat. Geht zögernd durch die schwarze Tür im Hintergrund ab. Nach einiger Zeit dreht Tochter sich langsam zum Publikum. Es scheint, als würde der Zuschauerraum wieder nur ihr gehören.)

AKT IV SZENE 8

TOCHTER
(Leise) Vor langer Zeit … Ich wollte dich umarmen, Vater. Aber weil du so kalt bist, hast du es nicht zugelassen. Aus Angst, ich könnte deine Kälte spüren. Dein Schweigen. Deine Schwäche. (Lächelt) Und es war kalt, draußen, in meinen Straßen.
Vielleicht verstehe ich erst jetzt, wie viel Angst du vor mir gehabt haben musst. Wie viel Angst du noch immer vor mir hast. Weil ich lebendig war. Weil ich lebendig *bin*!

(Pause.)

(Sanft) Du wirst immer mein Vater sein. Ein langsam verblassender Teil meiner Erinnerung. Ein Teil meiner Vergangenheit! Aber ich bin schon lange nicht mehr *deine* Tochter!

(Pause. Stille.)

Ich bin … frei, Vater.

(Legt die Rose vorsichtig neben sich auf die
Bank und steht auf. Geht langsam nach hinten in
die Dunkelheit ab. Ein leises Klopfen ist zu hören. Ein Tür öffnet sich und wird wieder ge-
schlossen. Nur ein einziges Licht fällt auf die
Bank. Auf die Rose. Nach langer Zeit erlischt
das Licht. Stille.)

BÜHNE = WELT DER FANTASIE

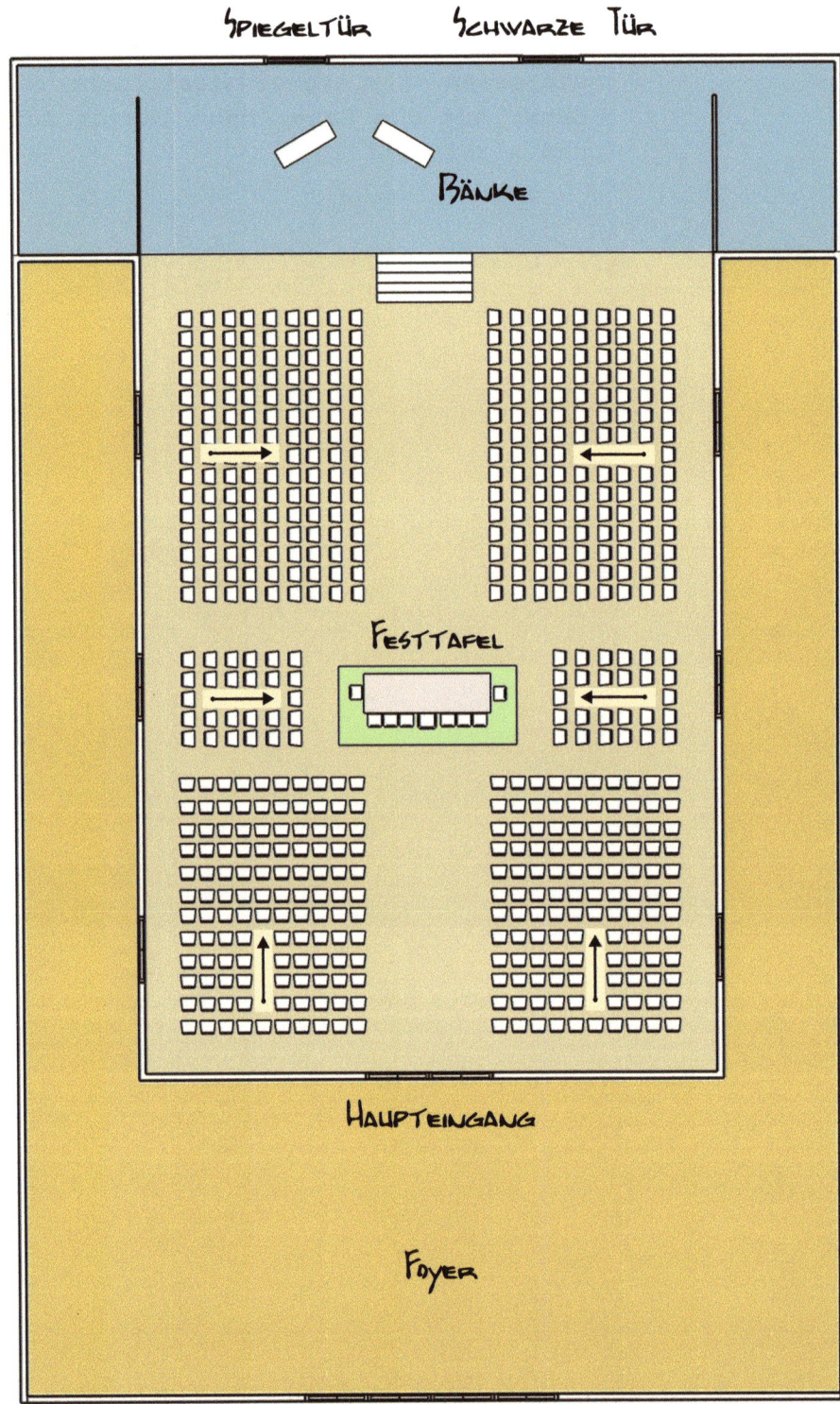

ZUSCHAUERRAUM + FOYER = WELT DER REALITÄT